complet. Col... In Extenso"

ANNIE DE PÈNE

# CONFIDENCES DE FEMMES



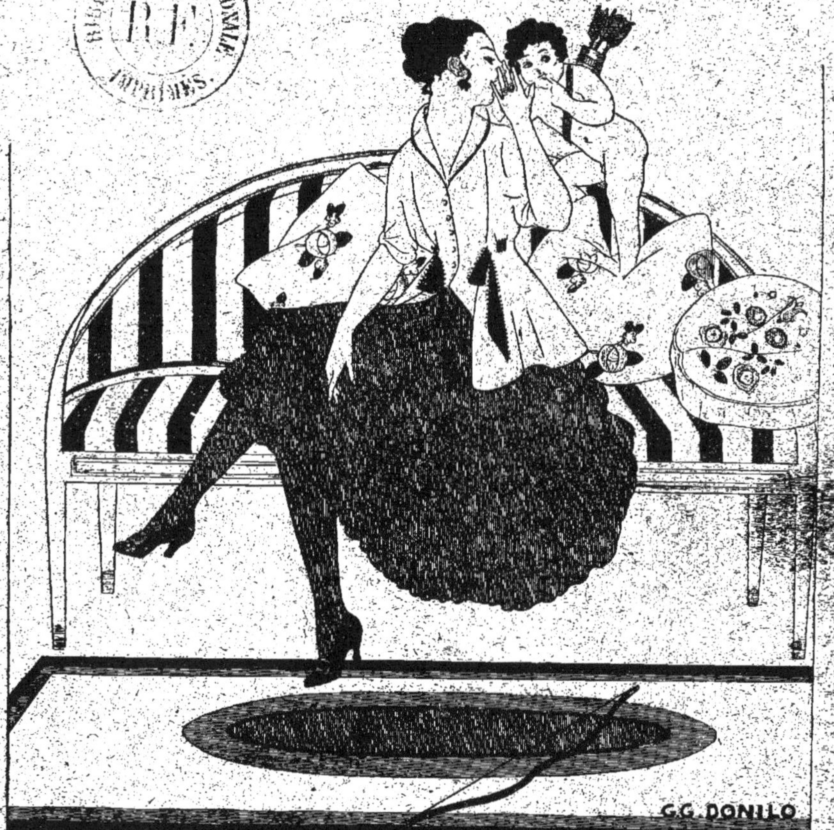


*Illustrations*
*de G. G. DONILO*

LA RENAISSANCE DU LIVRE
78, Boulevard Saint-Michel, — PARIS

# CONFIDENCES DE FEMMES

# Collection " In Extenso "

### L'ouvrage illustré de **3 fr. 50** pour **1 fr.** Franco par la poste : 1 fr. 15

## LISTE DES VOLUMES




**LA RENAISSANCE DU LIVRE**, 78, Boulevard Saint-Michel, PARIS

# ANNIE DE PÈNE

# CONFIDENCES DE FEMMES

ILLUSTRATIONS DE DONILO



"... des mots insignifiants
comme : je t'adore ! je me meurs...
Jules LEMAITRE

## PARIS

## LA RENAISSANCE DU LIVRE

78, BOULEVARD ST-MICHEL, 78

# ANNIE DE PÈNE

S'il est bien vrai que la qualité qu'il faille entre toutes rechercher dans une œuvre de femme soit une sensibilité frémissante, une personnalité extériorisée tout entière, avec son cœur plus encore qu'avec son âme — et son corps aussi, c'est-à-dire ses nerfs, Mme Annie de Pène occupe très justement une place à part au premier rang de la littérature féminine contemporaine.

Ne lui demandez pas de combiner une intrigue uniquement née dans son imagination : elle n'aime guère besogner dans l'irréel. Mais exigez d'elle que ce qu'elle a senti, elle vous le fasse éprouver à votre tour : et joies ou douleurs, elle excellera à vous les communiquer.

Non point qu'elle copie la vie. Les détestables errements matérialistes ne la comptent point parmi leurs adeptes : elle sait qu'il faut transposer. Et c'est en cette transposition qu'elle excelle. Ses livres, tout en demeurant sa vie, sont de l'art ; mais c'est à eux qu'il faut demander quelle fut l'existence de cette femme de lettres — qui, à Paris, a gardé le culte de la campagne et l'amour des bêtes.

Elle naquit et grandit à Rouen, mais non point dans la cité : sur cette côte de Bon-Secours qui domine si pittoresquement la vallée de la Seine. Elle y fit plus volontiers l'école buissonnière, qu'elle n'y suivit les cours. Dans *C'étaient deux petites filles...* on trouve ses impressions de ce temps, on les y trouve tout entières et on ne trouve qu'elles : l'originalité du livre est justement dans la façon dont tout y est vu par un enfant. Si la femme est venue par la suite s'interposer entre l'enfant qu'elle fut et nous, ses lecteurs, nous ne le sentons pas : c'est la petite âme de l'enfant qui palpite sous notre scalpel.

Que de *trouvailles* aiguës. Ainsi, le père de l'héroïne meurt ; puis, meurt la mère de sa petite amie, Mme Sylvestre. Et cette amie se désespère. Alors, la petite héroïne vient la consoler et lui murmure : « Mais non, elle n'est pas toute seule, papa l'aimait bien, il va lui parler, la réchauffer. »

A seize ans, Mme Annie de Pène, qui est la petite-nièce d'Henri de Pène, se mariait. La dislocation du ménage, le divorce, la venue à Paris, forment le sujet de l'*Évadée*. Et, dès le titre, ce livre affirme nettement ce qu'il veut dire : son auteur s'évadait d'une existence où la convention dominait. Bien plus tard, l'historien de nos mœurs actuelles devra sans doute, cherchant ses documents dans les romans contemporains, faire à la société rouennaise une part importante : quelle place n'occupe pas, en effet, Rouen dans la littérature d'aujourd'hui, depuis Mme Bovary jusqu'à l'*Évadée* ! Et, notez-le, non point sous la forme « régionale » où y paraissent la Provence ou la Bretagne, la Lorraine ou le Berry, l'Alsace ou la Vendée, mais sous une forme toute psychologique qui donne à la femme émancipée le premier rang. Il y a là un curieux problème, et il serait intéressant de rechercher les causes du fait, si une notice telle que celle-ci n'était pas, pour cela, un cadre trop restreint.

Du fait même que Mme Annie de Pène est, par excellence, un écho sensible, plus encore que dans des livres tout d'une haleine, elle sera elle-même dans des volumes où le souci de la trame ne la forcera pas à des concessions, et c'est pourquoi *Confidences de femmes* est son œuvre la meilleure et la plus typique. C'est une des plus curieuses, une des plus remarquables, une des plus palpitantes que l'on doive à la littérature féminine. Cela est fait de ce que l'auteur éprouva.

— Et aussi, me dit-elle, des confessions que j'ai reçues.

Soit ! mais autobiographie et confessions forment un tout, et il semble bien que ce soit le même cœur, la même chair qui aient senti, qui aient éprouvé le livre tout entier. Vous le lirez, et vous partagerez l'admiration que j'éprouve pour cette franchise frémissante, que je concrétiserai en ces mots que me disait Mme Annie de Pène :

— Tout d'abord on aime l'amour, plus tard on aime l'amant.

Adonnée à la littérature, l'auteur des *Confidences de femmes* fut accueillie par les plus grands journaux de Paris, et collabore ou collabora régulièrement à la *Vie parisienne*, au *Figaro*, au *Journal*, à *Paris-Journal*, à *Comœdia*, au *Matin*. Son premier livre avait été un recueil de nouvelles : *Pantins modernes*. Elle publia aussi le recueil des *Plus jolies lettres d'amour* ; puis celui des *Plus belles prières*, et, sous des pseudonymes différents, trois autres livres. Un acte d'elle, l'*Intermédiaire*, fut joué au *Théâtre Michel*.

Telle est l'œuvre de Mme Annie de Pène. Ses *Confidences de femmes* y sont, à côté de belles promesses, une totale réalisation. Ce ne sera point la seule.

# CONFIDENCES DE FEMMES

*L'attente.*

... Pour toute la journée, j'ai congédié la vieille paysanne qui fait mon service. Je voulais être seule avec toi, dans ce coin sauvage et si pittoresque, qu'on croirait un lointain village bourguignon, bien qu'il soit aux portes de Paris.

C'est ensemble que nous l'avons découvert, il y a trois ans, t'en souviens-tu? un jour que nous avions pris un train, au hasard, pour aller n'importe où, pas trop loin...

Ah! nous ne cherchions pas longtemps un but, lorsqu'il nous était possible de nous évader de notre vie fiévreuse. Ton refuge, c'était moi; et n'importe où nous allions, tu te trouvais bien, puisque j'y étais.

Mais le charme de ce joli pays en plein bois, avec ses rares maisons basses, cachées sous les branchages, ses tapis de haute mousse, étendus sous les châtaigniers (te rappelles-tu? nous faisions de grands détours pour ne pas marcher dessus tant leur air tout neuf nous imposait) la bonne odeur de terre mouillée, de résine et de chèvrefeuille t'avait tellement grisé, que tu ne voulais plus que nous partions.

Comme un enfant gâté réclame un jouet, et comme si cela eût été possible, tu t'entêtais : « Je veux rester ici, toujours, toute la vie (toute la vie!?) avec toi, ma mie aimée... Oh! le joli rêve, et si facile à réaliser! Installons-nous tout de suite, je t'en supplie; il doit bien y avoir une maison à louer... ou à vendre?... »

Et comme, plus sage, les bras noués autour de ton cou, j'essayais de dire des mots raisonnables, car déjà je savais la fragilité de tes enthousiasmes, soudain boudeur, tu as dénoué mes bras et déclaré, en faisant la moue, que je ne t'aimais pas, que jamais je ne t'aimerais autant que tu m'aimais...

Te souviens-tu aussi de la clairière, et du petit étang, et des « demoiselles » aux ailes irisées qui, en tourbillonnant, font des grâces, comme si elles dansaient un menuet? Et le petit ruisseau, où coule une eau si vive et si claire, que nous ne pûmes résister au besoin d'y rafraîchir nos lèvres, toi en la « supant » au creux de mes mains, moi au creux des tiennes?

Aux vacances, j'ai pensé au joli village que tu avais oublié, et voilà quinze jours que je suis ici. Une fois seulement tu es venu... Hier soir, il me semblait que, si je devais t'attendre un jour encore, je n'en aurais plus la force. Mais, ce matin, je me suis levée joyeuse : A midi, tu serais là!...

Dieu! que les heures ont passé vite!

Comme une toute petite bourgeoise qui « traite », et aussi, sans doute, parce que la femme qui aime a des instincts de mère et de servante, je n'ai plus songé, te sachant gourmand, qu'au repas que j'allais t'offrir. Je suis allée au marché voisin choisir les pêches les plus juteuses, les fraises les plus parfumées, le melon bien à point, la belle crème double, que j'ai rapportée précieusement dans un pot de grès entouré de feuilles de vigne et d'herbe humide. Puis des œufs « chauds-pondus », un poulet à la chair fine et blanche...

J'ai rapporté tout cela moi-même, dans un grand filet de ménagère. Les marchandes et les commères, d'abord hostiles, finirent par regarder avec admiration cette belle Madame tout en blanc, un brin « râleuse », mais qui sait si bien acheter.

Et moi qui vivrais de pain et de fruits plutôt que de me faire cuire un œuf, moi, si coquette de mes mains, après avoir allumé un grand feu de sarments, j'ai troussé, flambé, embroché le poulet, mieux peut-être que ne l'eût fait une cuisinière habile. Ah! combien j'étais fière de mon œuvre! Si tu m'avais vue regarder avec orgueil, comme un peintre regarderait une toile dont il est satisfait, les beaux tons dorés que prenait la bête, arrosée patiemment avec le beurre qui grésillait dans la lèchefrite...

A l'ombre de l'acacia et des sorbiers, j'ai dressé le couvert sur la table fleurie de capucines.

... Lorsque je fus parée de la robe que tu préfères, au moment de piquer une rose dans mes cheveux, sans savoir pourquoi, tout à coup, j'ai frissonné. Mes mains étaient si froides que je suis venue les tendre aux braises qu'ont laissées les sarments. C'est fou par cette chaleur! Pour effacer l'inquiétude vague qui s'emparait de tout mon être, le brouillard qui me semblait ensevelir toutes les choses, j'ai couru à la barrière du jardin. Ah! comme j'avais besoin d'apercevoir ta silhouette là-bas, au tournant du sentier!...

Le sifflet du train qui s'arrête, au lieu de chasser mon effroi, a résonné sur mon cœur comme un cri de détresse... J'ai peur, j'ai peur, pourquoi? Je détourne les yeux pour ne pas voir le boiteux, tu sais, le vieux porteur de dépêches. Il monte lentement le raidillon parallèle au chemin de la gare en épongeant son front. On dirait qu'il vient ici!... Ce n'est pas vrai, dis? Viens vite me rassurer... Ah! mon Dieu! il a fait un signe, il m'a vue, et il brandit une dépêche,

tout joyeux de penser qu'un verre de vin l'attend...

*« Retenu au dernier moment; tendresses. »*

Le vieux me regarde, ahuri; j'oublie de lui donner son verre de vin, mais je lui crie en éclatant d'un rire strident, continu, qui fait vibrer toute la maison calme et l'emplit d'un bruit de folie : « Emportez tout, tout, le poulet, le melon, la belle crème, les fruits... Je n'ai plus faim, je n'aime rien de tout ça... Que je suis contente! Que je suis contente! Personne ne vient déjeuner!» J'ai encore la force de lui jeter le filet à provisions, et je me sauve dans ma chambre, où je sanglote éperdûment, effondrée en travers de mon lit...

## II

*Le suppléant.*

... Oui, c'est ça, rapproche ton rocking tout près, tout près appuie ta tête sur mon épaule; j'entourerai ton cou d'un bras indifférent. Ton contact ne fera pas tressaillir ma chair; mais de temps à autre, d'un geste machinal, je te serrerai un peu plus fort, et je poserai mes lèvres sur ton front brûlant...

Ne parle pas, ne dis rien, que je n'entende pas ta voix... Si tu savais quel mal cela me fait lorsque, confiant, tu murmures : « Ah! que je suis heureux, que je suis heureux! Comme je sens que tu m'aimes!»

Les mots, comme une lame aiguë, entrent dans mon cœur à peine convalescent. J'abaisse vite mes paupières pour que tu ne voies pas la détresse qui passe dans mes yeux, et quand tu baises amoureusement ma bouche, je retiens ma respiration, je m'applique à maîtriser mes nerfs, car je ne veux pas que tu prennes pour de la joie le long frisson d'épouvante qui ferait palpiter tout mon être.

Pourquoi t'ai-je accueilli? Pourquoi t'ai-je laissé croire que je t'aime? Pourtant, je ne les ai jamais prononcés, ces mots que je ne sais plus dire... Je ne suis ni fausse, ni indique ; mais vois-tu, j'étais si désemparée, je souffrais tant ! Le réconfort de ta présence, ton attachement de bon chien fidèle, ton dévouement m'étaient si nécessaires que j'ai eu peur de les perdre lorsque tu m'as avoué ton amour, moi qui n'avais besoin que de ton amitié.

Oui, j'ai eu peur que tu t'en ailles, si je te repoussais. Je t'ai encouragé, je t'ai gardé, j'ai été lâche devant la solitude. Pardonne-moi.

Tu me crois froide, mais tu ne doutes pas que mon cœur ne t'appartienne...

Reste là, la tête sur mon épaule, je sens sa pesanteur et c'est tout. Ne dis pas les mots puérils, chers aux amants, ou prends bien garde. Appelle-moi : « Ma chérie, mon aimée, mon amour » si tu veux, ma pensée est lointaine, et je t'écouterai sans t'entendre, mais ne dis jamais : « Ma petite fée, mon ange gardien », tu me verrais défaillir...

Ah ! si tu savais, si tu savais ! lorsque ton regard loyal et tendre rencontre le mien, c'est d'autres yeux que je vois, des yeux troubles, voilés, faux, qui me dominent et me fascinent.

Quand là-bas, au tournant de la route poudreuse, entre le coteau crayeux et le talus verdoyant semé de clochettes mauves,

je te vois accourir gaîment, sans me quitter un instant des yeux, ah ! si tu savais comme j'ai peur de ma mémoire... Le soleil se ternit, le jour s'éteint dans un brouillard ; je revois une autre allée bordée de platanes, et une longue silhouette qui s'avance lentement, la tête penchée, le regard vague. Mes lèvres tremblent ; d'instinct, j'ouvre les bras, mais à mesure que tu approches, le mirage

G.-G. DONILO

*J'ai dressé le couvert....* (p. 6).

s'évanouit et mes bras se referment sans t'étreindre.

Ne parle pas gravement quand la nuit tombe, ne me montre pas le reflet des arbres dans la rivière, ni la cime des grands peupliers, qui s'incline cérémonieusement comme pour saluer les étoiles. Ne dis pas : « Que c'est beau ! Que c'est beau ! » Emmène-moi vite, au contraire, sauvons-nous, rentrons, fais allumer toutes les lampes : je ne puis plus supporter la mélancolie des cré- puscules dans les champs; mon cœur se glace, et la futaie me semble une armée de spectres méchants qui viennent se gausser de ma tristesse.

Tiens! On rirait si je pensais tout haut... Mais je t'en supplie, ne dis plus cette petite phrase insignifiante : « Voilà le facteur. » Le facteur! Le petit télégraphiste! Ah! si tu savais comme autrefois leur attente a sus- pendu ma vie! Comme je les ai guettés longtemps à la fenêtre, puis le pas du con- cierge dans l'escalier... Tu ne peux pas savoir quel effondrement c'est d'entendre, dans l'entrebâillement de la porte, le bras déjà tendu : « Il n'y a rien pour vous, Madame. »

Maintenant encore, lorsque tu me vois éparpiller un paquet de lettres au lieu de les ouvrir comme elles viennent, c'est que, vois-tu, malgré moi, je poursuis un rêve : je cherche la chère écriture cruelle que je ne reverrai plus jamais.

Et tes lettres à toi, mon doux ami, tes lettres tendres et passionnées, qui se succè- dent immanquablement à tous les courriers, ah! si tu savais comme elles me font souffrir! Il m'arrive de ne pas les lire tout de suite, de les poser sur le coin de la cheminée, en m'accordant un répit... « Tout à l'heure, tout à l'heure », et lorsqu'il me faut enfin les ouvrir, je pense en les parcourant, si hâti- vement que je saute la moitié des phrases, à d'autres lettres tant de fois relues, et dont pieusement j'épelais les mots un à un, avec fer- veur, comme une dévote jouit d'une prière...

Ah! si tu savais comme je me sens misé- rable de te tromper ainsi! comme j'ai honte de moi!... Pourtant je reste muette, mon bras indifférent se ressèrre autour de ta nuque, et je cherche une excuse à ma lâcheté; je me dis que tu aurais trop de chagrin si je cessais de te mentir... Mais la vérité, c'est que je n'ai pas la force de rester seule. Toute seule! Comprends-tu l'horreur de ces deux mots?

Une fois, deux fois, cependant, j'ai failli te crier mon secret. Ah! pardonne-moi : c'est lorsque des bouffées de souffrance me chavi- raient le cœur, que tout à coup je devenais mauvaise. J'enviais ta quiétude, j'étais jalouse de ton bonheur.

### III

*Je ne t'ai pas choisi...*

... Pourquoi es-tu là, dans ma maison? Pourquoi es-tu dans ma vie? Ta quiétude, tes gestes pleins d'assurance me déroutent.

Dès que tu franchis mon seuil, ton visage se rassérène et s'éclaire; vite, vite, dans l'antichambre, tu te dépouilles de ton par- dessus, tu campes ton chapeau au petit bonheur sur la patère, ta canne choit à côté du porte-parapluie, en faisant un petit bruit sec qui m'irrite, et tu entres si précipitam- ment que tu heurtes une chaise et accroches quelque meuble.

Tout de suite, la joie d'être là te fait ba- varder à tort et à travers comme un gosse! Tu me racontes mille faits dont je n'ai nul souci...; tu te complais en des détails futiles. Tu as vu celui-ci; tu es allé là... Tu t'appli- ques à ne me rien laisser ignorer de ce qui te touche, comme si cela pouvait me préoccuper!

Et moi, comme tout à l'heure la chatte anxieuse et agressive suivait des yeux le gros frelon insolite qui bourdonnait contre les carreaux, je te regarde t'ébrouer, t'épanouir dans la tiédeur de mon gîte. Tu t'asseois commodément, au risque de faire craquer la soie, dans ma grande bergère aux tons pâlis, dont je prends tant de soin. Tu t'ins- talles très à l'aise devant mon bureau, mon cher petit coin sacré, et tu griffonnes tes notes sur la feuille vierge que j'ai préparée pour moi...

Je te regarde, hostile, manier les objets qui me sont chers, tourmentée par l'envie de te les arracher brusquement des mains... Laisse donc en place le grand coupe-papier d'ivoire avec lequel tu te plais à jouer en parlant; c'est un pieux souvenir; n'y touche pas...

Quand tu fouilles dans la vieille armoire normande qui me sert de bibliothèque, que tu feuillettes mes livres, j'ai le sentiment que tu vas les blesser et je rôde autour de toi, guettant l'instant où tu les poseras sur la cheminée, pour te les reprendre sournoisement, et les ranger...

— Quelle satanée petite maniaque tu fais, m'as-tu dit en riant et en m'embrassant, l'autre jour...

Lorsqu'après ton passage, les revues, les journaux tout dépliés traînent sur les sièges en déroute, l'aspect de mon logis me fait songer à une maison pillée par l'ennemi.

Mais, en néophyte aveugle, tu continues à ne rien deviner des pensées mauvaises qui m'agitent l'esprit. Tu ne remarques pas la lueur de rage qui passe dans mes yeux, quand tu me contemples de coin, le regard voilé, un peu trouble... tu sais? ce regard spécial qu'ont, malgré eux, même sans être fats, les hommes habitués aux « bonnes fortunes », et qui dit clairement : « Encore une que je tiens... » Tu trouves très naturel que je figure au nombre de tes « conquêtes » et tu crois sans doute que je suis une privilégiée, moi que tu aimes plus longtemps que les autres.

Et je n'ai pas le courage de te détromper, de me libérer, de t'avouer que si tu es devenu mon amant, ce fut par surprise, un jour d'affreuse détresse... pour essayer d'oublier.

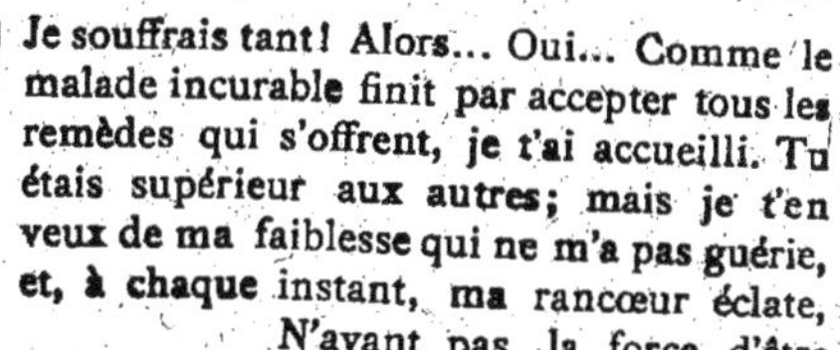

*Ta quiétude, tes gestes, pleins d'assurance....* (p. 8).

Je souffrais tant! Alors... Oui... Comme le malade incurable finit par accepter tous les remèdes qui s'offrent, je t'ai accueilli. Tu étais supérieur aux autres; mais je t'en veux de ma faiblesse qui ne m'a pas guérie, et, à chaque instant, ma rancœur éclate,

N'ayant pas la force d'être féroce une bonne fois, je suis cruelle à petites doses pour te lasser...

J'ai recours à de petits moyens mesquins, qui me sembleraient odieux chez les autres. C'est plus fort que ma raison; j'y suis poussée par un besoin machiavélique de tyrannie, que j'ignorais avant de te connaître, et qui s'exerce à tout propos, pour des vétilles... A peine ouvres-tu la bouche, qu'il *faut* que je te contredise. Je suis constamment à l'affût du geste, du mot malencontreux qui provoquera la critique; j'ai fini par te persuader que tu as maints travers et, secrètement honteuse de ma duplicité, j'assiste impassible aux efforts que tu tentes pour te corriger de défauts imaginaires...

Par moments, ma mauvaise foi est si flagrante que je me demande comment tu ne te révoltes pas, au lieu de prendre le parti d'en rire, car tu as ri, l'autre jour, lorsque je te soutenais, avec un entêtement ridicule, exaspérant, que deux fenêtres ouvertes, l'une en face de l'autre, n'établissaient pas de courant d'air!!!

Cela ne te surprend donc pas, quand ceux qui me connaissent depuis toujours vantent mon caractère facile, mon humeur égale?... Et c'est vrai, j'ai conscience de n'être insupportable qu'avec toi.

Et maintenant que la mésentente (oh ! cordiale encore), s'est petit à petit glissée entre nous, voilà que je tremble... Pourquoi ? Je l'ai voulue pourtant cette discorde ; elle est mon œuvre, j'y ai travaillé sans relâche, en ouvrière zélée, et soudain mon *ouvrage* me fait peur !

Tu n'es plus le même, je le sens à des riens... non, tu n'es plus le même. En arrivant, c'est posément que tu te débarrasses de ton pardessus dans l'antichambre, et que tu coiffes la patère de ton chapeau. Je n'entends plus le petit bruit sec et crispant de ta canne qui tombe... Tu n'accroches plus les meubles, et tu n'as plus d'histoires insignifiantes à me raconter...

Autrefois, lorsqu'il te fallait abréger tes visites, je me réjouissais de ta mine d'enfant grognon que l'on prive d'un jouet. A présent, tu t'en vas comme si tu te sauvais...

Pourquoi hier, lorsque ton « bleu » est arrivé, ne l'ai-je pas ouvert tout de suite ? Je le tournais et retournais dans mes mains, prise tout à coup d'une appréhension presque douloureuse... « Il me prévient qu'il ne viendra pas, me disais-je, *ça m'est égal.* » Et je me suis répété plusieurs fois : *ça m'est égal*, à haute voix, comme s'il m'eût fallu le crier très fort, pour m'en convaincre...

Toute la soirée, mon imagination a battu la campagne... je n'ai pu commencer, ni achever aucune besogne ; ma pensée indocile filait à ta poursuite.

Pourquoi ai-je ressenti cette irritation, ce malaise au cœur, tantôt, quand tu m'as parlé de la visite de cette poétesse qui voudrait t'intéresser à son livre ?... Qu'est-ce que cela peut bien me faire, puisque je ne t'aime pas ? Je ne t'aime pas ?...

## IV

*Brouillés.*

...Est-on brouillés pour tout de bon, dis ? Est-ce bien vrai que tu ne m'aimes plus ? Et moi, suis-je si sûre que cela de ne plus t'aimer ?

Oui, je sais bien, lorsqu'après avoir tourné et retourné la poignée de la porte, comme si tu ne la pouvais ouvrir, tu es revenu vers moi en murmurant d'une voix chavirée : « Ma mie ! » je t'ai dit : « A quoi bon une fois encore nous réconcilier, puisque jamais, jamais, nous n'arriverons à nous comprendre ? Les mots, les gestes, ont pour chacun de nous une signification différente, et c'est à croire qu'un Dieu malin prend plaisir à dépareiller chaque jour un peu plus notre humeur... Si je m'éveille joyeuse, le cœur léger, l'esprit serein, oubliant par un bienheureux miracle une foule de soucis qui, à d'autres heures, m'accablent, toi, ce jour-là, tu arrives maussade, bougon, comme si tu faisais exprès d'éteindre ma gaîté, comme si le contentement même de ceux que tu chéris te portait ombrage, et malgré moi, tu me fais songer à ces aimables gens qui se réjouissent de voir qu'il pleut, les jours où ils ne peuvent sortir...

« Avant que tu ne sois là, je pensais à toi doucement, tendrement, et voilà que ton visage hostile m'a soudain rendue hargneuse... Et pourtant, je t'assure qu'aujourd'hui j'avais l'âme pacifique ; j'étais disposée à tout prendre bien ! Les petites tracasseries de la vie me semblaient comiques à force d'être crispantes... N'était-ce pas drôle, en vérité, qu'à la minute même où je la *tenais*, où j'allais, enfin, la pouvoir fixer sur la feuille noire de ratures, cette satanée phrase, récrite dix fois sans qu'elle « sortît » à mon gré, la grosse servante, nouvellement débarquée de son pays de Caux, ouvrit la porte d'une poussée de genou, sans frapper bien entendu, et me criât, en brandissant d'une main un maquereau, et de l'autre une limande :

— Ah ! c'qui sont voleux dans c'te sacrée ville ! c'ty la, c'est douze sous, et pis c'ty la quinze ; duquel que madame veut ? Mais à ce prix-là on n'airait d'la vraie viande qui nous tiendrait au ventre !

« Et l'électricien ! Figure-toi que pour venir changer « les ampoules » de ma chambre, il a choisi l'instant précis où je laçais mon corset; ma jarretelle a craqué, comme j'attachais ma voilette... Eh bien ! rien de tout cela ne m'a mise en rage...

« Mais si je suis accablée de travail, si je suis lasse, aigrie, ou si encore un malaise moral ou physique, un ennui, que sais-je ? me détraquent, ah ! je puis être tranquille... ce jour-là, toi, tu auras l'esprit quiet, la vie ne t'aura jamais parue si bonne, tu ne son-

Et pour peu qu'un rayon de soleil s'en mêle, tu accours me chercher pour aller « boire » de l'air, « manger » de l'herbe et respirer la bonne odeur des feuilles toutes neuves, dans les bois.

« Ce ne sera pas l'heure à laquelle d'ordinaire je t'attends, mais qu'importe ? Lorsque le ronflement de l'auto, ton double coup de sonnette me feront tressauter, je ne serai ni coiffée, ni habillée... Horreur ! mes joues seront vierges de poudre, et mes lèvres de « raisin ». Te doutes-tu qu'être surprise ainsi,

G. GRANGER-ODNILO.

*Tu te tournes vers moi... (p. 10).*

géras qu'à plaisanter, à rire. Au diable les préoccupations ! après tout, elles n'ont que l'importance qu'on leur veut bien donner.

c'est pour une femme coquette le pire des maux ? Enveloppée du vieux peignoir défraîchi dans lequel je suis si à l'aise pour travailler, sûre de n'être pas dérangée, j'achèverai, fiévreusement penchée sur mon « établi » en désordre, une pressante et fastidieuse besogne. Ou bien, ou bien, je serai en cet état béni où tout vous apparaît agréable, facile, où les idées viennent toutes seules ; elles ont des âmes à l'unisson des vôtres, des visages souriants, une haleine parfumée qui vous grise, des voix qui s'élèvent en un chœur magnifique, et vite, vite, n'osant ni respirer, ni bouger la tête, de peur de rompre le charme, on transcrit d'une plume docile, pêle-mêle sur le papier, les notes les plus aiguës de l'admirable concerto qui vous exalte.

« Mais toi, qui pourtant devrais connaître le prix de ces fugaces heures, si précieuses, tu ne comprendras pas que, malgré ma joie de te voir, j'aie un petit mouvement d'impatience... Tu prendras une mine de victime résignée pour contempler mes mèches en déroute, mes mules de satin rouge, alors que moi, pour te faire plaisir, je vais m'habiller en hâte, sans « fignoler » ma mise, et qu'aussi je laisse en plan ma pauvre besogne inachevée... Non, tu ne verras qu'une chose..., c'est que je n'ai pas deviné que tu allais venir, que je ne suis pas prête et que tu vas être obligé de m'attendre.

« Mais oui, tu m'aimes, je sais bien... et je connais ton grand argument :

— Tes meilleures intentions se retournent contre toi.

.·.

...Dis-moi, pourquoi s'est-on querellés si fort l'autre jour ? Pourquoi s'est-on *forcés*, — car, au fond, si nous excellons à nous « chipoter » nous ignorons les vraies scènes ; — pourquoi s'est-on si bien appliqués à se dire tant de choses méchantes ? Je ne t'ai pas celé, et en quels termes ! que j'en avais assez de ton caractère détestable, et toi, tu m'as déclaré sans fard que je ne répondais en rien à ton idéal. Nous avons reconnu que nos idées, nos goûts étaient divergents et qu'à plaisir, en demeurant enchaînés l'un à l'autre, nous gâtions notre vie.

Et, en effet, tous ceux qui te connaissent s'accordent à vanter l'égalité de ton humeur.

— Elle n'a d'égale, disent nos amis, que mon caractère charmant...

Chacun, avec toi, s'entend admirablement, personne avec moi n'a jamais eu la moindre discussion. S'il nous est impossible de causer ensemble sans nous chamailler, nous écoutons les autres avec une patience d'ange, et il est bien rare que nous ne soyons pas de leur avis...

Mais pourquoi, dis, pourquoi, ai-je cette impression bizarre, énervante et pourtant délicieuse, que je m'entends bien moins, oh ! infiniment moins avec les autres, quand je suis pleinement d'accord avec eux, qu'avec toi, mon insupportable ami, lorsque nous sommes en querelle ?

ι

## V

*C'est fini ?...*

...Ah ! que c'est bon, que c'est bon, de se sentir délivrée, légère, maîtresse de soi, « désasservie » ! Je ne t'aime plus, *je n'aime plus !* Comprends-tu l'importance de ces trois mots-là ?

Je m'ébroue comme les oiseaux au sortir d'un cageot ; je regarde le jour, les yeux un peu clignotants, éblouie par le soleil et la beauté de tout ce qui m'environne.

Tout m'enchante. Mon petit coin de jardin, déjà roussi par la sécheresse, prend un air de fête. La guêpe dorée et gourmande à laquelle je dispute un fruit juteux, semble folâtrer et ne m'effraie plus. Les bois trompe-l'œil, battus et sans parfum, où le train me mène en un quart d'heure, ont un regain de sève... La rue m'amuse avec ses passants essoufflés de chaleur ; les cris des marchands de légumes et de poissons, le matin; les commères qui prennent le frais, assises au seuil de leurs portes, le soir.

Mon allégresse se reflète partout; je crois lire de la bonne humeur sur tous les visages, et j'exalte les choses les plus banales.

Je voudrais sauter, danser, chanter, j'ai un besoin fou, irraisonné, de proclamer ma délivrance, comme le doivent avoir les peuples opprimés au lendemain d'une révolte victorieuse.

Et c'est toi, toi, pour qui j'ai tant souffert, que je choisis pour confident!

Pour qui j'ai tant « souffert » ?... C'est drôle, en écrivant cette phrase, ma plume perd son élan; je m'arrête étonnée, embarrassée, réfléchie. Est-ce bien de moi

« Pensez, mes enfants, que vous êtes allées à Rome, que vous avez eu le grand bonheur d'approcher notre Saint-Père le pape, et racontez vos impressions. »

Les unes disaient qu'elles étaient montées au ciel soutenues par des anges, et qu'elles étaient redescendues, habillées de bleu, avec des couronnes d'or et des ailes... Les autres parlaient d'un magnifique château tout en argent, avec un pape assis sur un nuage; il était beau comme l'enfant Jésus et il leur avait donné un gros

*La guêpe dorée et gourmande à laquelle je dispute un fruit...* (p. 12).

G. G. DONILO.

qu'il s'agit ?... Pour voir, j'appuie la main sur mon cœur, à la manière godiche des « ténors légers » qui débitent une romance sentimentale sur la scène d'un music-hall, mais mon cœur demeure sans émoi. J'ai beau évoquer le souvenir du trille de la sonnette, deux fois répété, d'une silhouette alourdie que je parais d'élégance, d'un parfum, d'un geste familier, d'une écriture qui est un « portrait vivant », rien n'y fait, rien ne vibre...

L'idée de parler de « ma souffrance » me rappelle le temps où, à l'école de mon village, la bonne sœur, puérile, nous disait sous prétexte de « développer » notre imagination :

morceau de pain bénit. Les autres voyaient Sa Sainteté ressemblant comme deux gouttes d'eau à la Vierge Marie... Mais aucune de nous n'arrivait à se le représenter dans un cadre vraisemblable.

A vrai dire, le pape, pour nos cervelles de neuf ans, c'était une fiction, un peu de fumée, de poudre miroitante, de brouillard dans le lointain... comme ma douleur aujourd'hui...

Oui, mon amour est bien mort, ma peine est finie!

Tout mon être s'épanouit, tressaille d'aise. Je regoûte (enfin!) la vraie joie de vivre; je

saveure à petits traits, presque en ronron-
nant, comme un chat gourmand lape une
tasse de lait, le contentement de n'être plus
l'ombre gigantesque et ridicule qui, couchée
à terre ou collée au mur, suit niaisement
son maître, lorsqu'il se prélasse au milieu
de la route.

Je tranche, je décide, selon mon bon plaisir ou mon intérêt ; de tous mes efforts, me
voilà seule à récolter le fruit.

Désormais, j'écouterai, condescendante,
lorsqu'on me racontera des histoires de
sottes qui passent leur temps à se dévouer
sans gloire ni profit... Je sourirai, supérieure,
avec un peu de pitié, songeant : « Est-il possible qu'il y ait des femmes aussi bêtes ? »

Dans mon home, arrangé *à mon goût*, je
travaillerai à la besogne qui m'est chère...
Je la polirai, je la fignolerai, elle sera mon
pieux souci, j'en ferai un chef-d'œuvre !...
Je ne me lèverai plus dix fois, tourmentée
d'inquiétudes vagues, pour aller regarder
l'heure, une auto qui s'arrête, écouter un pas
qui résonne dans l'escalier. Je ne paierai
plus de vingt heures d'attente, durant lesquelles on erre, démantelée, sans force et
sans courage, une heure de joie, brève comme
une minute.

Quelle que soit l'occupation du moment,
j'accomplirai ma tâche, telle une écolière
studieuse... Ma pensée indocile ne s'envo-
lera plus malgré moi uniquement absor-
bée par d'éternels : « Où est-il ? Que fait-
il ?... »

Je n'aurai plus à refouler mon indignation, devant une injustice déterminée, un
propos qui révèle un tempérament envieux,
égoïste, une âme mesquine et vulgaire.

C'en est fait des petites capitulations là-
ches... Je ne louerai plus tout haut, d'une
voix mal assurée, un brin honteuse, ce que
ma conscience réprouve, pour la seule joie
de voir un visage s'éclairer et sentir deux
bras m'étreindre...

Dans les plus petits faits, je connaîtrai le
prix de l'indépendance. Au gré de ma fan-
taisie, je voyagerai ou je resterai chez moi.
S'il me convient d'aller à la mer, ce n'est
pas la montagne que je subirai. A loisir, je
pourrai m'attarder devant les sites qui m'en-
chantent ; aucune voix ne troublera mon
recueillement, aucune impatience ne m'arra-
chera brusquement à ma contemplation. Je
ne suis pas gourmande... sans quoi je dirais :
aux repas, les meilleurs morceaux seront
pour moi, et aussi la pêche la plus belle, la
reine claude bien mûre, qui se fendille...

. . . . . . . . . . . . . . . . . .

Par habitude, j'inspecte le plat d'un coup
d'œil rapide, et vite, je choisis la noix où
le filet, pour les tendre machinalement vers
ton assiette. Mais, tout à coup, je m'aperçois
que ton couvert n'est plus là, et je reste un
instant embarrassée de mon geste...

Instinctivement, je laisse ta part de côté,
comme si tu allais venir, ou bien comme
l'on garde la part du bon Dieu en coupant
la galette des rois.

Et par habitude aussi, sans doute, il m'arrive encore d'essuyer une larme qui perle
sans raison... comme autrefois... lorsque tu
ne venais pas.

VI

*Le souvenir magnifique.*

...Tu es revenu... Te voilà assis, là, dans
le grand fauteuil de cuir, devant ma table
d'acajou, « ma vieille bonne femme de table
Louis-Philippe » si commode, et que tu trouvais si laide. Tu me conseillais de la briser,
t'en souviens-tu ?

Et, silencieux, tu promènes ton inson-
dable regard autour de la chambre. Ressens-
tu quelque émoi parmi ces choses qui te
furent familières, ou bien cela t'amuse-t-il
de te retrouver ici après cinq ans d'oubli ?

— Moi, je suis plus étonnée qu'émue..
Se peut-il que je t'aie si profondément
aimé ?... Ah ! si l'on m'eût dit au temps de

ma peine qu'un jour tu reviendrais chez moi, « en camarade », et que je t'accueillerais avec ce calme, cette sympathie sereine...

De ma douleur, inguérissable me semblait-il alors, je me souviens, oh ! oui... Je revois une misérable créature, anéantie, défigurée par les larmes, assise à la place où tu es, qui se demandait s'il ne valait pas mieux, d'un seul coup, abréger sa souffrance..., puis, retenue par la pensée d'un être frêle, aux boucles blondes, d'une très vieille femme aux cheveux gris. Comment ! Cette pitoyable créature, c'était moi, moi maintenant si souriante à la vie ?

．・

C'est cela, tourne-toi, place-toi bien en pleine lumière que je te dévisage. Mais qu'avais-tu donc ! De quelle fée néfaste détenais-tu cette séduction diabolique pour que, dès le premier jour où je franchis ton seuil, j'ai ressenti ce brusque éblouissement, ce doux malaise ? J'étais rivée à ce fauteuil, le tien, que tu m'avais offert, et toi, tu étais debout, comme pour mieux me dominer, me fasciner... Je te regardais, et je t'écoutais, extasiée ; j'oubliais, à peine effleuré, le but de ma visite ; ta voix, ton regard me grisaient, une singulière et délicieuse torpeur m'engourdissait. Serait-ce là ce qu'on nomme le « coup de foudre » ? Je n'y crois guère pourtant au « coup de foudre... » Non, c'était plutôt du sortilège... ta voix, tes yeux m'envoûtaient.

Tout de suite, tu dus t'apercevoir de mon trouble.

Lorsque, me raidissant pour ne pas chanceler, je me dirigeai vers la porte, nos mains se rencontrèrent sur la poignée.

Un peu trop penché vers moi, en pressant mes doigts, tu dis :

— Vous reviendrez ?

Spontanément, je répondis oui.

— Quand ?

Je balbutiai :

— Quel jour voulez-vous ?

— Demain. Un peu plus tôt...

— Bien...

Et, naïvement, j'ajoutai, croyant dissimuler ma faiblesse, te donner le change... « Si toutefois je puis... »

— Bien sûr...

— Oh ! le sourire qui accompagna ton « Bien sûr... »

Pour descendre l'escalier, je m'agrippai à la rampe, tout tournait, mes jambes étaient molles, les marches s'enfonçaient sous mes pieds.

．・

... Oui, tu es toujours le même, beau, très beau... tes gestes sont pareils, lents, mesurés, ton regard conserve son mystère tes lèvres minces gardent toute leur cruauté Mais je te détaille en curieuse désintéressée, sans éprouver le moindre trouble. Tu es beau, mais ta beauté à cette heure me laisse insensible : mieux, elle n'est plus de mon goût.

Ton étrange et joli masque ne m'intrigue même plus, je flatte ton front lisse d'un geste machinal ; ainsi je passerais ma main sur un marbre poli, mais je ne suis plus obsédée par l'idée fixe d'autrefois : « Quelles pensées y a-t-il derrière ça ? Que cache cet impénétrable regard ? »

Incapable de souffrir, soupçonnes-tu seulement qu'existe la souffrance ? De l'amour n'as-tu vraiment connu que la parodie ou bien l'*Amour* t'a-t-il une fois blessé toi aussi ? Toutes ces femmes qui t'aimèrent, que, brutalement, tu as abandonnées, n'auraient-elles été pour toi qu'un dérivatif exaspéré... Un remède suprême pour essayer d'en oublier *Une* ?

Mais tout cela m'est égal, je ne cherche plus à sonder le secret de ta nature. Que tu sois un superbe don Juan, un monstre inconscient, ou un banal « coureur » épris de toutes les jupes qui le frôlent, peu m'importe.

Je veux seulement que tu saches bien ceci : je ne suis plus ta dupe. Si je ne devine pas la raison pour laquelle tu es là, je ne saurai toutefois m'y méprendre... Ce n'est pas parce que tu emprisonnes mes mains, parce que tu tentes de violer ma bouche, que je vais croire à un regain d'amour chez toi, c'est une attitude..., une ligne de conduite, ne signifiant rien, à peine un fugace caprice... Tu croirais, en agissant autrement lorsque tu es seul avec une femme, faillir à tous les devoirs que tu as contractés envers toi-même.

Mais entends-moi : si nous vivions dans le monde du merveilleux, et si une sorcière venait soudain m'offrir un philtre me donnant le pouvoir de te ressaisir, de te garder, de te pénétrer d'un amour égal à celui que j'eus pour toi, je la repousserais avec horreur : car tel que je te connais maintenant, tel que tu m'apparais, tout mirage détruit, tu n'existes plus pour moi. Je ne voudrais plus de ton corps, de tes caresses. Le contact de ta chair me laisse froide. Je ne t'aime plus.

Je ne t'aime plus; mais à présent que ma peine est finie, j'ai du plaisir à te revoir, à parler avec toi de mon amour passé, parce que tu es l'unique confident de mon plus doux, de mon plus cher secret. Tes baisers aujourd'hui seraient pour moi sans saveur, mais il me suffit de songer à ceux d'autrefois pour retrouver encore sur mes lèvres leur goût inoubliable. Il n'est pas un détail de mes extases, même comiques (il n'en manque pas en amour), dont je ne me souvienne avec ivresse, que je ne divinise. Saisis-tu ? Si je ne t'aime plus, toi, j'aime le souvenir du miraculeux amour qui a illuminé ma vie. Et je te sais gré de me l'avoir inspiré.

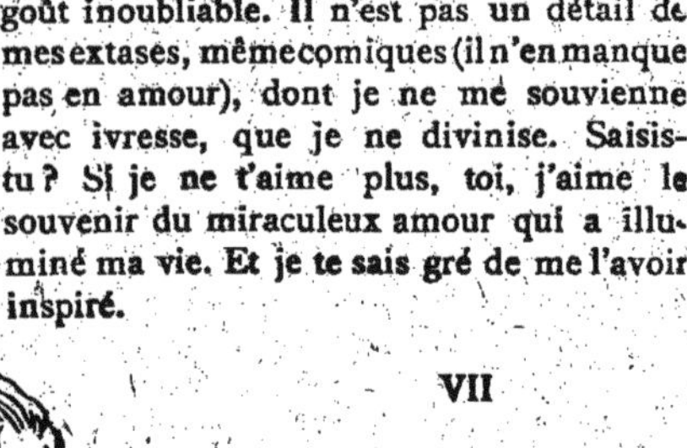

## VII

*Pas jalouse.*

... Jalouse, moi ? allons donc!... Et pourquoi serais-je jalouse, puisque je ne vois rien, je ne me doute de rien? Et quand même, ne t'ai-je pas répété vingt fois, cent fois, que je n'étais pas jalouse... au temps où tu ne me quittais presque jamais, où nos rares séparations semblaient t'arracher un morceau de toi-même, où tu ne pouvais faire un pas, une visite, une démarche, sans me demander de ta voix suppliante d'enfant despote et gâté :

— Accompagne-moi, dis?... Si cela t'ennuie d'entrer, tu m'attendras dans l'auto...

C'était même de là, t'en souviens-tu, que naissaient nos plus graves querelles... En feignant de parler sérieusement, je m'écriais d'un ton colère :

— Dieu! que les hommes sont insupportables, quelle race d'égoïstes! Tu ne vois donc pas que je suis en robe de chambre, ni coiffée, ni corsetée, ni chaussée... que ma figure n'est pas « faite », j'en ai pour une heure... au moins... Vous autres,

*Je suis en robe de chambre ni coiffée ni corsetée....*

une fois baignés, rasés, vous n'avez plus qu'à enfiler vos habits, mais nous! Vous ne réfléchissez même pas aux détails compliqués de notre ajustement, depuis les nœuds de nos souliers jusqu'à celui de notre voilette.

Sans t'émouvoir, en m'enveloppant d'un tendre regard malicieux, tu ripostais :

— Dépêche-toi... le temps que tu perds en explications superflues, tu serais déjà prête...

Puis, comme argument décisif, merveilleux pour toucher une femme ordonnée, réveiller mon atavisme de petite bourgeoise méthodique, qu'effare l'inexactitude, tu ajoutais :

— Ah! flûte, après tout!... Si tu ne viens pas, je reste... advienne que pourra...

Ces mots magiques suffisaient pour qu'en dix minutes je fusse habillée comme par enchantement.

Et ton bras passé sous le mien, nous marchions d'un pas si bien adapté, qu'un jour, un mendiant — tu sais ce magnifique vieillard qui ressemble à un dieu déchu — murmura sur notre passage :

— M'étonnerait fort que ce couple-là ne « corde » pas... Ils sont faits pour marcher ensemble...

Tu lui as donné dix sous... te rappelles-tu ?... Et, pénétrés des paroles du prophète, nous continuâmes notre route à pied, en nous amusant à observer la démarche des autres couples, — sûrement, celui qui déambulait à droite, tout de guingois, était dépareillé... Par exemple, cet autre s'avançait bien en cadence... Mais crac! voilà l'homme qui bute et, à son tour, la femme trébuche...

— Demi-mal, as-tu déclaré en riant, le ménage se déclanche en mesure, aux torts et griefs respectifs... Tant mieux, ils n'auront point de regrets... Pas comme celui-ci... Ce petit homme ridicule et pitoyable, qui s'essoufle à côté de cette grande femme ostensible; jolie, ma foi. On dirait un skye-

terrier suivant une levrette; elle file sans s'apercevoir qu'il peine à la course; tu vas voir, bientôt il ne pourra plus la joindre... Fichue, cette union-là, et le pauvre bougre aura du chagrin... Et ces autres ? Elle est gracieuse, la petite femme, trop mignonne vraiment pour ce lourdaud qui fonce comme une brute : on croirait qu'il va se jeter sur les gens et les dévorer! Elle trottine tant qu'elle peut en essayant de s'accrocher à son bras, et il n'y fait même pas attention... Par quels mystérieux liens ce petit être délicat et fragile est-il attaché à ce butor? Regarde quels beaux yeux de chienne craintive elle lève sur lui.

D'après chaque couple tu ébauchais un fantaisiste roman. Mais tu avais beau fouiller la grande avenue, détailler tous ceux qui s'avançaient dans la poussière dorée, aucun n'avait un pas mieux rythmé et plus harmonieux que le nôtre.

...Ah! si pourtant... A la minute glorieuse où nous goûtions la volupté de nous croire uniques, nous aperçûmes les Vaubelle qui suivaient, bras dessus, bras dessous, l'autre trottoir. Elle, de ma taille, lui, long, mince, « racé » comme toi; si pareils à nous, qu'un instant nous eûmes l'illusion d'être dédoublés. A ce moment ils s'adoraient; depuis, ils se sont séparés avec fracas, et maintenant ils se détestent.

Et pressant mon bras plus étroitement, tu m'as dit ;

— Est-ce singulier que j'éprouve ce besoin de toujours t'avoir près de moi, que d'instinct je t'associe à tous mes actes, que je trouve fade tout plaisir que tu ne partages pas... Pourquoi, dis, pourquoi est-ce que je t'aime ainsi ? Sais-tu que parfois j'en suis un peu effrayé?

. . . . . . . . . . . . . . . .

Ah! Seigneur, non, je ne suis pas jalouse! Souviens-toi plutôt, lorsque naguère dans une réunion, je *sentais*, même en te tournant le dos, ton regard me suivre, m'aggripper, me retenir, au moindre remous qui nous séparait... Souviens-toi que je te soufflais :

— Oh ! voyons, sois raisonnable, tâche d'être plus aimable avec ta voisine, écoute au moins ce qu'elle te dit ! Elle est ravissante, je t'assure... Les femmes vont te détester si tu ne leur fais pas le moindre compliment, un brin de cour... Raconte-leur qu'elles ont des yeux troublants, une bouche exquise, une gorge idéale. Tu étais si flirteur avant de me connaître, continue... puisque je ne suis pas jalouse...

Mon Dieu ! quelle mine comique de gosse que l'on force à avaler sa panade, tu faisais pour me répondre :

— Ça m'embête... Les autres femmes m'assomment, il n'y a que toi, toi, toi ! tu entends...

... Les derniers mots résonnaient comme des baisers, et la lueur qui jaillissait de tes yeux mi-clos me chavirait le cœur...

... Non, je t'assure que je ne trouve même pas bizarre, qu'après avoir manifesté une véritable admiration pour mon amie Marthe, tu ne témoignes plus à son égard qu'une complète indifférence ; lorsque tu énumères les personnes rencontrées dans telles ou telles circonstances, je ne remarque pas que tu oublies toujours de citer son nom. Je ne m'étonne pas davantage, que toi, si connaisseur en élégances féminines, tu ne puisses jamais te rappeler le moindre détail de sa toilette...

... Ai-je seulement surpris ces regards qui rôdent parfois avec une insistance muette autour de ma personne, comme si tu ruminais des comparaisons ?...

Je ne vois rien, te dis-je, rien, rien... Ah ! tiens, l'idée seule que je pourrais être jalouse me fait rire aux éclats, d'un rire inextinguible, qui contracte ma gorge, me picote le nez... Mes yeux brillent noyés de gaîté ; ah ! que c'est drôle, que c'est drôle ! J'en ris comme une folle ; j'en ris, oui, vraiment, aux larmes...

## VIII

*Homéopathie.*

... Depuis une heure, en réprimant un sourire égayé, j'épie chacun de tes gestes. Tu te lèves, tu te rasseoies, tes lèvres semblent marmonner quelque leçon mal apprise ; puis, au moment de la réciter, elles se referment, et, de guerre lasse, froissant le journal que tu tiens et qui n'y peut mais, tu vas coller ton visage à la vitre et suivre d'un œil morne les passants dans la rue.

Maintenant, te voilà attentif à changer de place les livres de la petite table, qui du coin droit vont encombrer le coin gauche, et réciproquement...

Mon Dieu ! que tu voudrais donc t'en aller et me dire que tu ne viendras pas ce soir... Mais toi, le subtil prestidigitateur de l'esprit, toi qui sais si bien jongler avec les mots, les lancer, les rattraper, les juxtaposer si adroitement, tu deviens d'une ingénuité attendrissante lorsqu'il s'agit de duper quelqu'un... On sent que tu n'as pas l'habitude, ça t'irrite et ça t'attriste, et tu fus tellement accoutumé de me prendre pour confidente, dès qu'il t'arrivait une misère ; je fus si étroitement ton amie, que, pour un peu, tu viendrais te blottir là, à côté de moi, au creux du divan d'où je te contemple, amusée, et tu me dirais, en cachant ta tête dans mon cou, afin que je ne voie pas tes yeux, tes beaux yeux dont l'infinie douceur corrige la sécheresse de ta bouche pincée, — tes yeux qui ignorent l'art de feindre, l'habile plissement des paupières, la façon d'allumer la pupille ou de l'éteindre, suivant les besoins du mensonge — tu me dirais d'une voix lasse :

— Ma mie ! ma mie chérie ! je vais te trahir... il y a déjà longtemps que ça dure... Seulement, tu comprends... tu n'avais pas l'air de t'en douter, alors, ça m'était égal ; mais à cette heure, ton regard de coin qui me couve, ironique ou inquiet (je ne sais pas le démêler, moi, je n'ai pas ta finesse), ton regard m'épouvante, gâte tout mon plaisir... Dis-moi, dis, ma mie chérie, comment faut-il faire pour que tu ne t'aperçoives de rien?...

Si tu me disais cela, je te répondrais :

— D'abord, ce n'est pas aujourd'hui que j'ai deviné... Ah! si tu savais l'affreux déchirement, l'horrible blessure, les nuits sans sommeil et les jours sans lumière, lorsque je ne sus plus douter! — Mais c'est fini, je suis guérie, bien guérie, voilà pourquoi je m'amuse à te troubler. Je jouis de ton malaise, je te guette cruellement, comme le chat guette la souris, je te laisse t'aventurer vers toutes les issues, et soudain, au moment où tu crois t'échapper, je surgis au tournant pour te barrer la route, je t'accule à toutes les maladresses que peuvent commettre les timides qui se sentent observés. Tiens, tu me rappelles la petite fille gauche que j'étais, d'une maladresse à casser tout ce que je touchais. Et pourtant, seule j'aurais pu manier les objets les plus fragiles, sans qu'il leur arrivât malheur; mais, dès qu'on me regardait, crac! c'en était fait : mes mains « devenaient de beurre », disait notre vieille servante.

Ah! l'histoire de la belle tasse de Sèvres! Après vingt-cinq ans, j'en ai encore la chair de poule quand j'y pense... Écoute, que je te la raconte, l'histoire, cela nous retardera à peine de cinq minutes...

— C'était le jour de la fête de maman; pour le « quatre heures », on avait préparé un magnifique goûter, servi sous le gros cerisier qui ombrageait le milieu de la grande allée du jardin où ça sentait bon le thym, le cassis en fleur et la ravenelle.

« Maman avait déclaré :

« — Rosine va boire dans la belle tasse qu'elle admire tant » — car, tu sais, la fête de maman n'était qu'une raison pour nous fêter, et moi, très fière de l'honneur, je ne pensais même plus à goûter aux bons « douillons » croustillants dont j'étais si friande, ni à la belle « nourolle » dorée. Je n'avais qu'une idée fixe : tout à l'heure, je vais boire dans la jolie tasse transparente, il s'agit de faire bien attention. Et je regardais les autres manger, sans pouvoir avaler une bouchée...

« Le moment venu, précautionneusement je saisis la tasse à deux mains pour la porter à mes lèvres et, d'un seul trait, je la vidai, bien que le thé bouillant m'échaudât le gosier. N'importe, l'essentiel était d'être libérée. Ouf! ça y était, j'allais, enfin, reposer la tasse sur la table, lorsque maman s'écria :

« — « Là! voyez-vous, comme elle est

J'épie chacun de tes gestes (p. 18).

adroite, ma petite fille, lorsqu'elle veut! Elle ne casse rien. »

« Ah! calamiteuse parole! je fus si ébahie

que, du coup, mes doigts se desserrèrent, laissant choir tasse et soucoupe qui se brisèrent en mille miettes sur le rempart de coquilles Saint-Jacques qui bordait la plate-bande. »

Eh bien! toi, c'est pareil : il suffirait d'un mot, d'un rien, pour que tu brises ton secret. Et combien, pour un instant, il te plairait de le rejeter, ce masque mal assujetti de chicard d'occasion! Comme il te pèse! Mon pauvre ami, je voudrais bien avoir pitié de toi... Vois, je m'attendris... mais ce n'est pas de ma faute, il est trop tard... je ne me soucie plus d'essayer de te reprendre, ni de te garder... Nul émoi n'agite plus mon cœur en te voyant partir, mes bras frémissants ne se tendent plus désespérément vers toi, lorsque tu touches la poignée de la porte... Est-ce possible, tout de même, que je sois devenue cette spectatrice enjouée, presque indifférente? Suis-je bien la même femme qui, naguère, se sentait défaillir en t'écoutant prétexter d'un air dégagé ces rendez-vous d'affaires, sur la nature desquels, hélas! elle ne s'abusait pas. Comme aujourd'hui, plus qu'aujourd'hui, tu en attendais l'heure piétinant sur place, et tu en revenais avec la mine ronronnante d'un chat gourmand. Combien j'étais lâche devant les manifestations exagérées, multipliées, d'une tendresse qu'avivait sans doute le délicat piment du remords ou le souci naïf de se créer un alibi...

A présent que je suis guérie, ta pauvre diplomatie me divertit : « je tue le temps » — car moi aussi, j'ai à sortir tout à l'heure... — à suivre ton manège... Mais, rassure-toi, le supplice touche à sa fin... Il est fini! La demie de trois heures tinte, ah! file, file vite, c'est moi qui serais en retard... que veux-tu, je n'avais pas la vocation de la souffrance, moi, je n'aspirais pas à me ranger parmi les grandes héroïnes de la douleur; je ne suis pas une sainte, mais simplement une femme, ni pire ni meilleure qu'un homme..., une malade raisonnable qui, le jour où elle a par trop souffert, peureuse de la mort, s'est raccrochée pour essayer de se sauver au remède homéopathique qui s'offrait : l'amour guérisseur de l'amour... Tandis que tu avais ce que vous autres hommes vous appelez un béguin, j'ai eu, moi, une miraculeuse renaissance du cœur. Et je te remercie quand même de ce délicieux bienfait... où tu n'es pour rien.

IX

*Logique.*

— Si j'y suis? bien sûr que non, je n'y suis pas!

Elle est diabolique, cette maison; toute la journée, il y pleut des raseurs! Le matin, à tout bout de champ, la sonnette est en branle, impossible de travailler en paix. Après déjeuner, comme l'on me sait chez moi jusqu'à trois heures, les visiteurs s'abattent sur mon gîte, comme les mouches sur un pot de miel entamé. Ah! bonté divine! Quand je pense que des gens se plaignent de n'avoir pas de relations!...

— ...

— Comment! c'était M^me Durand? Mais j'y étais! Avec elle, je ne me gêne pas; nous eussions causé pendant que je m'habillais.

— ...

— C'est vrai, vous ne pouvez pas deviner.

Que j'envie donc la belle sérénité de ma cameriste, laquelle ne « s'éluge », comme elle dit, que lorsque mes familiers sont en retard le jour du soufflé au fromage; car si elle le servait un tant soit peu aplati, il lui semblerait que c'est toute sa gloire qui s'effondre. Suis-je ridicule d'être ainsi nerveuse, agitée, injuste...! Oh! oui, injuste! Mes bons amis qui m'entourent d'une si vigilante affection, qui, pour me voir, viennent des quatre coins de Paris en s'accommodant de l'heure qui me convient, voilà que je les qualifie de raseurs! Mais on n'imagine pas non plus à quel point le trille continu d'une sonnette peut exaspérer les nerfs d'une pauvre femme pressée, qui s'habille avec la préoccupation de dix courses urgentes à faire en un seul après-midi.

Voyons, récapitulons : à trois heures, l'avoué.... Dernière urgence, ça; à quatre heures, l'architecte; à cinq heures, Machin; à six, Chose... Et ma robe! sapristi! J'oubliais que je dois essayer ma robe... Je n'aurais rien à me mettre pour la soirée de Rachilde...

Et... et Georges?... Pauvre Georges, qui comptait m'avoir deux grandes heures tantôt... Le « bleuter »? Oh! non, ce serait trop brutal... Je vais passer le prévenir; je resterai cinq minutes, rien que cinq minutes; il sera raisonnable, il comprendra... Deux heures vingt-cinq?... Je pourrai même lui donner dix minutes.

. . . . . . . . . . . . . . . . . . . .

— Non, non, je n'enlève pas mon manteau; je te dis que je suis pressée! Je suis venue t'embrasser en courant et je me sauve!

— ...

— Oter mon chapeau? Mais tu perds la tête! Je te répète que je n'ai qu'une seconde! N'insiste pas, tu me ferais regretter d'être venue. Ce que je te dis est sérieux, voyons! très sérieux. Tu sais bien, je vais chez l'avoué pour le... ah! fais attention, tu m'étouffes... et mon rouge... et... et ma poudre... laisse-moi. Tiens, regarde mon nez à présent : il est joli! on le dirait encaustiqué! Ça, c'est méchant, tu n'as pas même le respect des nez! On voit bien que tu ignores ce qu'il en coûte pour les conserver mats et veloutés par cette température.

— ...

— Je le sais bien qu'il y a tout ce qu'il faut dans ta chambre. Il ne manquerait plus que je sois obligée de m'en aller avec cette figure « gabillée ». La tête de l'avoué! il serait capable de croire des choses... surtout celui-là, il a une manière de vous

regarder... C'est drôle, je ne m'imaginais pas que les avoués étaient des hommes comme les autres.

— ...

— C'est vrai, c'est assommant ces corsages kimono, on ne peut lever les bras, il faut pourtant que j'arrange un peu mes boucles, mon chapeau ne tient plus. Tu m'as toute décoiffée; mais tu sais, c'est bien la dernière fois que je viens te voir quand je serai pressée. C'est ta faute, tant pis pour toi.

— ...

— Non, ne dégrafe pas tout du long, seulement l'agrafe de la taille et les deux du haut... pour que je puisse remuer les bras.

. . . . . . . . . . . . . . . . . . . .

— ...

— Hein!! quatre heures! ah! et l'avoué?

— ...

— C'est bien ça l'égoïsme des hommes! « En me dépêchant un peu »! comme c'est facile, mes cheveux débouclés, ma figure gonflée, m'habiller... Non, mais, ma parole! on dirait que tu as hâte de me voir partir à présent!

— ...

— C'est pour rire, mon chéri, je comprends... je ne t'en veux plus; mais dis-moi que tu m'aimes.

— ...

— Mieux que ça... t'adore, moi... ah! et puis flûte pour l'avoué... Il attendra... A un jour près! Il sera encore vivant demain, je suppose.

— ...

— Oh! tu penses à l'architecte maintenant! D'abord, si tu m'aimais un peu, tu n'aurais pas cette idée fixe de me renvoyer...

— ...

— Non, je ne suis pas de mauvaise foi. Où vas-tu chercher « que j'ai le sens de la déformation ». Je constate un fait, voilà tout. Et même ce n'est pas une raison parce que j'ai affirmé, dis-tu, que j'étais si pressée, pour me pousser dehors brutalement.

— ...

— Allons, ne te désole pas, c'est fini. Oui, là, j'ai été injuste, mais que veux-tu? On a de ces susceptibilités quand on aime. Donne tes lèvres, c'est ça, restons blottis tout contre, comme deux pauvres petits *inséparables*. Tu en as vu quelquefois dans leur cage? Tu ne trouves pas qu'on leur ressemble? C'est tout de même bon de s'aimer...

. . . . . . . . . . . . .

— Tu crois qu'on a dormi longtemps? Quelle heure peut-il bien être?

— ...

— Hein! neuf heures! neuf heures du soir! tu es sûr, ta pendule n'est pas détraquée?... C'est effrayant comme le temps file! Et mes courses! l'avoué... et puis... et puis? qu'est-ce que j'avais donc encore à faire? Ah! c'est trop fort, par exemple, voilà que je ne me le rappelle plus... Oh! bien, c'est peut-être que ce n'était pas si important...

## X

### L'invincible amant.

Qu'importe si tout à l'heure, en le croisant par hasard dans la rue, pour la première fois après tant d'années, j'ai souri, amusée de sa mine prétentieuse, de son allure fanfaronne de bellâtre provincial. Qu'importe, puisque tout bas une insidieuse voix m'a soufflé : « Ris bien, ma petite..., n'empêche qu'il n'a pas changé... Autrefois, il était tout aussi grotesque, et tu poussais la sottise jusqu'à prendre pour admiratifs les regards qui s'attachaient sur lui quand vous vous promeniez ensemble... »

Qu'importe si, lorsque ma pensée remonte en flânant vers le passé, je rage de toujours l'apercevoir, sournoisement embusqué, en quelque coin qu'elle se repose... Je le revois, gravissant hâtivement pour me rejoindre, le petit sentier roux, tout doré de soleil, qui se faufile comme un serpent lumineux entre les deux collines aux remparts tapissés de thym, de théraspic, de genévriers grenus et violacés, — les deux collines du haut desquelles, si souvent, nous contemplâmes la ville méchante et magnifique, la Seine scintillante et moirée, le port étincelant où se reposaient de majestueux navires venus de très loin, pour y retourner, et dont la vue nous donnait une sensation d'espace, de liberté sauvage, bien plus encore que ces trains tentateurs, qui se sauvaient au bout du pont avec des sifflements narquois.

Il est là, sur le banc vermoulu, à l'ombre de l'odorant acacia. Là-bas, sous le portique glorieux de l'église romane, c'est encore lui qui m'attend... Et lui encore que je retrouve dans cette salle vide de musée, où les gens n'entrent que lorsqu'il pleut très fort, pour se mettre à l'abri. C'est lui, toujours, dans les rues de la grande ville, au bord de l'eau... Dans le square prétentieux où il y a musique le jeudi et le dimanche, et où viennent rivaliser de toilettes criardes les bourgeoises cossues de la cité.

Qu'importe que son souvenir obsédant et détestable soit la tache qui dépare ma coquetterie secrète, que je l'exècre, qu'indignée, je murmure : Lui? Moi? Voyons, c'est impossible!

Qu'importe, qu'importe... puisque rien, rien ne peut effacer qu'il fut mon premier amour, qu'il fut pour moi *l'amour*, puisque je l'ai aimé, comme on aime la première fois, de toute mon âme neuve, sans calcul, sans détours, sans réserves. Ah! comme on croit à l'amour, à *son* amour, quand on a cet âge, comme on ne soupçonne pas sa fragilité!

A quel amant estimé, admiré, pourrais-je jamais offrir ce que je lui donnai à lui qu'à présent je méprise?

Il a eu le meilleur de moi, puisqu'il m'a connue à l'heure où l'existence ne m'avait rendue ni prudente, ni méfiante, ni compliquée, ni... un brin hypocrite. J'ignorais l'art de commander à mes yeux, à ma voix..., de contenir mes élans, et j'ignorais encore (ah! je ne l'ai pas ignoré longtemps!), qu'un tendre regard, une parole affectueuse, une muette pression de main pussent être autant de trahisons. Je croyais à tout ce qui semblait noble, généreux, désintéressé. L'amour, l'amitié. Était-il possible d'en imiter l'accent?

J'aurais voulu que l'univers sût que j'étais amoureuse, et de qui je l'étais. Il n'était certes pas reluisant, le maître de mon cœur, mais en ce temps-là, était-il gloire plus désirable que celle d'aimer et d'être aimée? Partager sa médiocrité supérieure, être réprouvée par tous, quitter cette confortable maison, ce bien-être inutile, me réfugier avec lui en quelque logis délicieusement misérable, à cela se réduisait mon unique, mais furieuse ambition. Lorsqu'il n'était plus là, ma vie était suspendue. Je n'avais plus une seule idée, un seul désir qui ne fussent le reflet des siens, je n'agissais que par lui, qu'en vertu de lui... Moi ! moi! si rebelle à tous les jougs...

Lorsque je l'apercevais au tournant de la route, j'avais le sentiment que mon cœur bondissait vers lui, et que je resterais comme inanimée jusqu'à ce que la pression de sa main m'eût redonné la vie. A peine le quittais-je, que j'éprouvais l'impérieux besoin de lui écrire les doux mots puérils et sublimes que plus tard on n'ose plus retracer parce qu'on en sait mieux le sens, et qu'aussi l'on sait mieux la vie...

Non, jamais plus, je ne connaîtrai ce miraculeux état d'inconscience, de démence amoureuse, de jalousie qui enfièvre... Oh ! ma belle flamme de jadis, mon exaltation, mon amour de l'amour, mon dédain des préjugés, mon mépris de tout ce qui était le bon sens... pourquoi ai-je tout usé pour celui-là? Pourquoi ne me reste-t-il plus rien de naïf, de frais, de fou, pour celui qui viendra : rien qu'un amour raisonnable, mesuré, un peu académique...

Aujourd'hui mes soupirants sont des



*J'avais le sentiment que mon cœur bondissait vers lui.*

hommes posés, sérieux, qui ont éprouvé la félonie des femmes, qui s'égaient de leurs flirts, de leurs manèges et de leurs mensonges. Ils me parlent en choisissant leurs expressions pour ne pas m'effaroucher... et ils émaillent leurs discours de : « Ah ! vous êtes si différente des autres, vous... »

L'un d'eux qui, je crois, m'aimait vraiment, m'a déclaré un jour : « Vous ne savez pas ce que c'est que d'aimer... c'est pour cela que vous ne comprenez pas ma peine. ».

Et j'écoute les lèvres scellées... regardez ce champagne que nous avons consciemment battu, parce que nous le trouvions trop mousseux. Il garde encore sa jolie couleur de topaze liquide, sa saveur, son parfum, mais il a perdu ce jaillissement, ce pétillement, ce frétillement, ce je ne sais quoi de vif et de naïf qu'il avait tout à l'heure, quand on a débouché la bouteille, ce je ne sais quoi d'évaporé, que rien ne pourra lui rendre... Eh bien ! quand je me regarde, je me fais un peu l'effet de ce champagne-là...

## XI

*Femme...*

— Vous avez quelque chose, Mad ?
— Non, je vous assure...

C'est dit mollement, avec un petit sourire crispé, paupières baissées ; car Mad ne sait ni dissimuler ni mentir. Les rares fois où il lui arrive de farder la vérité, son joli visage ingénu, tout entier, semble dire : « Vous savez... je mens..., mais mettez-y un peu du vôtre, que diable ! ne me regardez pas trop... ou alors je ne pourrai pas aller jusqu'au bout... »

Pour l'instant, Mad tapote les coussins du divan, puis les range les uns sur les autres, comme s'ils étaient en exposition à l'entrée d'un grand magasin. Après quoi, elle se lève et va contempler avec attention les branches de fusain vernissé qui émergent du broc d'étain sur le rebord de la fenêtre.

Revenue près de moi, elle bredouille :
— Il faut que je me sauve, je suis pressée...
— Déjà ? mais vous arrivez !
— Oui, seulement...
— Allons, dites franchement... Qu'est-ce qui ne va pas ? C'est avec Jacques ?

Combien de fois déjà, ai-je consolé Mad, prompte à se créer d'imaginaires soucis, comme tous ceux que la vie gâte, et qui ignorent le tourment réel...

— Oh ! non... Jacques, ça va toujours, on s'aime fort, vous savez, tous les deux...
— Alors ?
— ... J'hésite à vous raconter... C'est fou, stupide... et pourtant je suis accourue ici... dans mon désarroi, il m'a semblé que ça me soulagerait de vous confier ma ridicule détresse.
— C'est si grave que ça, mon petit Madou ?
— Oui et non... Vous allez me trouver compliquée ?...
— Qu'importe ?
— Eh bien, voilà... Vous savez si je l'aime, Jacques, d'une passion presque exagérée ; je ne conçois plus la vie sans lui ; si je suis deux jours sans le voir, rien ne m'intéresse plus ; tout plaisir qu'il ne partage pas avec moi me paraît fade, et à côté de cela...
— Vous l'avez trompé.
— Oh ! pouvez-vous croire ! D'abord je l'aime, et puis j'ai des principes ; à la rigueur, j'admets qu'on trompe son mari, mais son amant ! il n'y a vraiment pas d'excuse...
— Ne vous indignez pas, je mettais les choses au pis, pardon... Vous disiez donc que vous aimez Jacques ?...
— Il ne s'agit pas de Jacques. Vous connaissez Monteil ? Maurice Monteil ?... ce pauvre garçon qui m'a tant aimée... d'un amour si dévoué, si sincère que j'en avais l'âme chavirée. Oui, vous n'imaginez pas combien de fois j'ai pleuré devant le chagrin que je lui faisais... Et pourtant, jamais je n'ai pu prononcer une parole lui laissant espérer qu'un jour peut-être je l'aimerais... C'était plus fort que moi ; à la pensée qu'il pourrait être mon amant, je me sentais prise d'une angoisse maladive, tout mon corps frémissait d'horreur... Et je lui ressassais, sans conviction, les pauvres mots

qu'on dit en pareil cas : que l'amitié est un sentiment bien supérieur à l'amour..., qu'il est le seul durable, le seul qui ne donne pas de déceptions... Je lui jurais que je n'aurais jamais de meilleur ami que lui...; mais qu'autrefois j'avais trop souffert, que mon cœur était mort à l'amour... Et comme ma voix tremblait en disant cela !... Car déjà Jacques occupait presque toutes mes pensées; je prévoyais, j'espérais,... ce qui est arrivé...

« Plus tard, je lui ai tout dit, à Jacques, et il n'a pas eu la stupide jalousie qu'un sot

de l'apercevoir quand nous flânions bras dessus, bras dessous; ah ! si vous nous aviez vu filer ! On eût dit un couple adultère, surpris par le mari. Si Maurice parle de moi à Jacques, Jacques affecte un petit air indifférent, de même que moi, s'il me parle de Jacques...

« Et voyez-vous, j'avais fini par vivre heureuse entre ces deux hommes... Maurice avait renoncé à me parler de son amour..., à se plaindre... Parfois je me suis demandé s'il ne se doutait pas... Peu importe, puisqu'à la longue, il s'était fait une raison, qu'il

*Mais Mad sanglote, effondrée sur le divan (p. 26).*

eût pu avoir. Il n'a pas exigé que je sacrifie brutalement, cruellement, Maurice. Je n'en aurais pas eu le courage, d'ailleurs.... Et voici la note comique... Jacques et moi, nous prenions mille précautions pour que Monteil ne se doutât pas que nous nous aimions. Nous ne voulions pas lui faire cette peine... Deux ou trois fois, il nous est arrivé

m'épargnait ses doléances... Je le sentais toujours aussi dévoué, aussi fidèle. Ah ! quel repos ! quelle sécurité d'avoir un ami sûr, qui n'est pas un amant !

« Si j'avais le moindre ennui, même au sujet de Jacques, une petite brouille d'amoureux... ça arrive, n'est-ce pas ?... j'accourais dans le grand bureau sévère, qui m'est si

**

familier, si amical, si salutaire! Je m'as-
seyais, je disais simplement : « Je suis triste »,
et je ne faisais plus d'efforts pour parler,
pour dire des choses oiseuses... Et Maurice m'enveloppait de son bon regard
de chien fidèle, qui me rendait confiance. A
l'abri de son affection, je triomphais de
toutes des misères.

« Et il y avait trois ans que cela durait, trois
ans, vous entendez... Egoïstement j'acceptais
que Maurice renonçât à l'amour, à la seule
joie d'ici-bas, pour demeurer uniquement
mon *patito*. Oui, je trouvais cela tout
naturel, à peine remarquais-je que ses
tempes s'étaient argentées, déjà qu'une
ride s'était creusée de chaque côté de sa
bouche.

« Depuis quelques mois, même, je
me réjouissais de voir qu'il avait retrouvé
toute sa gaîté, tout son entrain d'autrefois...

« Et ce matin, comme je devais aller faire
un petit voyage avec Jacques, j'allai lui dire
adieu, je l'ai trouvé rayonnant. Il m'a
regardée gravement, et les yeux dans les yeux
il m'a dit : « Ma petite Mad, donnez-moi vos
mains, vos chères petites mains, je suis sûr
de votre affection... Ce n'est pas de votre
faute si vous n'avez pu m'aimer... on ne
commande pas à son cœur... Mais vous
m'avez donné le meilleur de vous, votre
amitié. Vous m'avez aimé, vous m'aimez
tendrement, comme un frère... Et je suis
sûr que je vais vous faire une grande joie,
une très grande joie... Ma petite Mad, je
suis guéri, bien guéri, maintenant... Je vous
aime comme une sœur chérie, et j'aime une
femme comme je vous ai aimée. Et cette
femme m'aime autant que je l'aime.

— Eh bien! Mad, vous devez être contente, réjouissez-vous... »

Mais Mad sanglote, effondrée sur le
divan :

— Je n'aurais pas voulu, comprenez-vous,
je n'aurais pas voulu qu'il aimât une autre
femme...

## XII

*Ménages.*

— Tu mens.

C'est dit d'un ton badin, mais on sent
qu'il le pense, sans d'ailleurs s'indigner
autrement.

Il arpente le vaste atelier, s'arrête devant
une toile, déplace un chevalet, peste contre
le jour maussade, risque, dans un geste
brusque, de renverser un vase au col élancé
qui émerge d'un meuble fragile, ronchonne
parce qu'il ne trouve pas ses gants, s'assied
enfin, griffonne quelques lignes et rejette si
violemment la plume dégouttante d'encre
bleue qu'elle choit, en l'éclaboussant de
points minuscules, sur le tapis mastic.

Puis, gentil sans transition, il rejoint
Marthe, immobile devant la baie ouverte,
et qui contemple, d'un morne regard, les
ébats des gosses à l'orée de leur royale forêt :
le talus verdoyant, buissonneux et ensoleillé
des fortifications d'Auteuil.

— Bonjour, mon petit Marthon joli,
embrasse-moi vite, je suis en retard, il faut
que je file... Quoi! qu'as-tu encore? Non!
tu fais la tête! que t'ai-je fait ?

— Tu es admirable, tu me traites de men-
teuse, tu bouscules tout, tu bougonnes, tu
t'énerves et, lorsque ta mauvaise humeur
tombe sans plus de raison qu'elle n'en avait
de naître, tu t'étonnes que ceux que tu as
rabroués ne sourient pas béatement.

— Ah! mon Dieu, tu vas encore faire une
histoire pour un mot, un mouvement de
travers... Avec toi, il faut peser toutes ses
paroles, étudier ses attitudes... C'est entendu, là, j'ai eu tort, j'ai un sale caractère,
mais j'ai une bonne nature, avoue... puisque
je reviens tout de suite...

— Comment donc!... tu es magnanime!
tu ne gardes jamais rancune aux gens des
injures que tu leur dis, ni ne leur en veux de
ton attitude irritante.

— Quel petit bout de femme acariâtre... exigeant, qui me martyrise...

D'un baiser qu'elle rend, désarmée, il lui clôt les lèvres, et se sauve.

Je n'ai jamais vu Jacques et Marthe demeurer deux heures sans se quereller. Est-ce lui qui a tort, ou elle ? Apparemment, c'est elle. Bien qu'elle soit mon amie plus que lui, je dois être juste : elle donne vraiment trop d'importance à des vétilles, et commet des erreurs ridicules. L'autre jour encore, devant des gens, après avoir affecté de ne lui point adresser la parole, voilà que tout à coup, v'lan, elle lui décoche un mot agressif, sans rime ni raison, avec, dans les yeux, une lueur maligne, comme les mauvais gamins qui sont ravis de faire une rosserie idiote... Il est vrai que, dans ces cas-là, Jacques est aussi maladroit qu'elle ; au lieu de faire semblant de ne pas entendre — les profanes n'y verraient rien — il ponctue bien le trait, le souligne de cette voix grognon et suppliante d'enfant maltraité qu'il prend parfois :

*D'un baiser qu'elle rend, désarmée, il lui
clôt les lèvres...*

— Vous entendez Marthe? C'est toujours ainsi ; jamais, jamais, elle ne laisse passer une occasion de me dire une chose désobligeante.

Et avec les autres, je pense tout bas :

— Quel bon garçon au fond...

Mais est-ce curieux tout de même que ces deux êtres, intelligents pourtant, ne comprennent pas qu'à ce petit jeu-là, un beau jour — un vilain plutôt — leur ménage pourrait bien se disloquer pour tout de bon ? Bien sûr... ça a son charme, les raccommodements, mais c'est comme le pâté d'anguille, il n'en faut point abuser ; à la fin, on risque de ne plus les digérer...

Et, cédant à ce stupide besoin que parfois nous avons tous de nous mêler de ce qui ne nous regarde pas, je risque :

— Comme vous êtes intransigeante avec Jacques, Marthon!... Vous ne devriez pas...

Mais Marthe, une Marthe impétueuse, surexcitée, que je ne reconnais plus, me coupe net la parole :

— De grâce, ne me prêchez rien, je sais..., je suis insupportable, et Jacques est un saint... C'est peut-être vrai..., mais il s'y est si bien pris, qu'à cette heure, c'est simple, tout ce qu'il fait, tout ce qu'il dit m'exaspère... Avant qu'il ait ouvert la bouche, vous entendez ? eh bien, je prévois ce qu'il va dire, et j'attends, telle un moteur sous pression, le mot ou le geste, qui provoquera la mise en marche... Je sais qu'en deux heures, il trouvera dix puérils sujets de se plaindre. Le bruit l'énerve, la chaleur l'accable, le froid l'irrite. Parce qu'il ne trouve pas un objet qui lui crève les yeux, il entre en furie. Dehors, les promeneurs qui piétinent devant lui le mettent en rage. En auto, c'est une autre chanson : le chauffeur va trop vite ou trop lentement ; la portière ferme mal, les ressorts sont exécrables. Il grogne contre le manque d'air, et ne peut supporter le vent... ni la pluie, ni le soleil... Sapristi! Les petites misères de l'existence

touchent les autres de même que lui ! N'est-ce pas de l'égoïsme raffiné, que d'infliger à ceux-là qui les subissent silencieusement le surcroît de ses bruyantes doléances ?

« C'est lui qui décide : « Allons par ici... », sans même se demander si l'on ne préférerait pas aller par là. Il décrète, agit selon son bon plaisir ; boude si l'on ne s'enthousiasme pas pour ce qui le séduit, mais montre une mine renfrognée si, d'aventure, il change son programme à mon gré. S'il a faim, je suis prévenue qu'il sera grincheux, mais grincheux plus encore si je ne partage pas son appétit. Tout lui est prétexte à s'emporter et, s'il me fait une concession, c'est de si mauvaise grâce qu'au lieu de lui en être reconnaissante, je lui en veux...

Si j'avais l'âme pacifique (Dieu m'en garde !) je n'agirais plus qu'en vertu d'une préoccupation unique, éviter ses criailleries. Insensiblement, je m'abaisserais aux naïves cachotteries, aux pauvres petits mensonges, jusqu'à la complicité avec les domestiques ! je serais capable d'imiter les petites bourgeoises qui décident avec leur bonne :

— « On ne dira pas à *Monsieur* que le beau vase qu'il a gagné à la fête de Neuilly est fêlé il crierait. »

« Il ne ment jamais... A quoi bon, puisque nulle crainte de blesser, de froisser, ne le retient? Tout ce qui lui vient à l'esprit, il le dit, se donnant pour cela deux excellentes excuses : la franchise, ou... une minute d'égarement vite oubliée... Il a une si bonne nature ! S'il a un ennui, aucune pudeur ne le fait hésiter à me le dire, puisqu'il sait que je le consolerai, le réconforterai... Mais moi, certaine de n'attendre de lui aucun secours, orgueilleusement, je lui tais mes misères, mes déconvenues ; il ne connaît que ce qui m'arrive d'heureux, ce qui est ma parure... »

Et Marthon a conclu :

— Mais sachez bien, qu'au demeurant, Jacques est un garçon charmant, enjoué, prévenant, tolérant avec tous, et d'un tact exquis... Si son humeur est détestable, il a le bon goût de ne l'exercer que sur les êtres qui lui sont chers, et je sais bien qu'il m'adore.

Marthe ne m'a convaincue ni qu'elle était parfaite, ni que Jacques était un monstre... Leurs défauts étalés m'ont seulement fait réfléchir aux miens et... aux vôtres.

## XIII

*Le triomphe du passé.*

J'étais là, hésitante, la plume levée, prête à tracer lâchement les mots que, ce mois-là, je m'étais si souvent surprise à prononcer tout haut, désespérément : « Reviens vite, je ne puis vivre sans toi... » Et pourtant, depuis quelques jours, ma douleur était plus tolérable ; elle me laissait des heures de répit, elle semblait avoir pitié de moi.

Enfin, je dormais un peu. Je ne demeurais plus les yeux fixes dans le noir, n'osant faire un mouvement, comme une blessée, les mains collées aux oreilles, pour ne pas entendre le tic-tac crispant de la pendule, ni le tintement lugubre des heures ; ah ! ces heures lentes, comme elles vous résonnent dans le cœur, comme elles paraissent méchantes à ceux que le désespoir tient éveillés.

*J'étais là, hésitante, la plume levée...,.*

L'impression de néant, de fin de tout, que j'avais si violemment éprouvée, devenait intermittente. Je n'avais plus que des crises... Mais, mon Dieu ! qu'il fallait peu de choses pour les provoquer, ces crises : un bout de papier sur lequel, en m'attendant, il avait griffonné une phrase, une note pour un article, pour une pièce, pour un livre, et qu'il oubliait presque toujours. Je faisais disparaître ces « traces », mais sans cesse, il en surgissait de nouvelles, je ne pouvais toucher à rien sans apercevoir cette écriture, biscornue et si personnelle, qui me faisait défaillir.

Un jour, courageusement, j'avais tout fouillé, tout bouleversé, puis brûlé tout ce qui me le rappelait : portraits, lettres, brouillons.

Mais hélas ! si j'ouvrais un journal, son nom brusquement m'apparaissait, inévitable, implacable, inoubliable... Puis, c'étaient les gens qui, à chaque instant, me parlaient de lui... Alors un immense besoin de le revoir m'étreignait le cœur, je l'appelais tout bas de ces mots délicieusement bêtes, chers aux amants.

Et pourtant, pourtant, j'avais le sentiment très net que ce serait fini, que je serais sauvée, si j'avais la force de résister encore un mois, une semaine peut-être... C'était comme pour les malades dont on dit : « S'il passe huit jours, il sera hors de danger. »

.·.

Or, à cette heure de crise où j'étais prête à écrire les mots fatidiques, ma femme de chambre vint me dire : « Il y a là une dame de Rouen qui voudrait vous parler... Elle dit que son nom ne vous rappellera rien, mais que vous l'avez connue autrefois. Je n'ai pas osé la renvoyer. »

L'inconnue me raconta qu'elle était venue chez moi pour une raison quelconque, avant mon divorce, il y avait douze ans..., que, depuis lors, elle avait eu des revers de fortune..., qu'elle était à Paris sans ressources... et qu'un vieil ami commun lui avait donné mon adresse, l'assurant que je l'aiderais...

Je ne me souvenais pas d'elle. Néanmoins je promis ce qu'elle me demandait. Puis on parla de Rouen, cette ville qui m'avait été odieuse pour mille raisons, et dont j'avais plaisir à parler aujourd'hui que j'étais libre, comme on parle de la geôle après l'évasion, mais tout de même avec un petit frisson...

« Le fils Morin avait divorcé l'an dernier... Les demoiselles Leban, qui montaient en graine stérilement, avaient fini par trouver preneurs à cause de leur grosse dot. Elles étaient d'ailleurs malheureuses toutes deux, mais pieuses, et partant résignées... Lenoir avait fait de la politique, il était député... Les uns étaient morts, les autres mariés... »

— Et moi, demandai-je tout à coup, qu'a-t-on dit de moi, après mon départ ?

Elle parut gênée.

— Dites... oh ! ça m'est égal !

Elle se fit un peu prier, puis :

— Eh bien, on a dit que vous aviez eu des amants..., beaucoup d'amants...

— Ah ! et qui ?

Elle me cita des noms, des gens à qui, pour la plupart, je n'avais jamais parlé. Elle ajouta en manière d'excuse : « Ce n'est pas drôle, vous savez, vous étiez si gentille, en ce temps-là... »

Pour moi, « en ce temps-là », j'étais une petite femme falote, niaise, j'étais le puéril reflet de la sottise ambiante, et je m'étonne encore d'avoir pu, à travers mon ignorance, me frayer un chemin vers la vie active, intelligente.

— Qu'a-t-on dit encore ?

— Ah ! bien... que vous aviez ruiné votre mari.

— Hein ! ?

Durant nos quelques années de mariage, nous n'avions vécu que sur ma fortune personnelle, et j'étais partie en abandonnant ma dot. Mais je ne protestai pas ; le temps n'est plus où je m'indignais de ces calomnies. Maintenant elles ont pour moi le même intérêt que les champignons vénéneux pour le naturaliste.

L'inconnue reprit :

— Un homme qui vous a bien aimée, c'est M. Verner, l'architecte... Il en a eu du chagrin, celui-là, quand vous êtes partie... Il parlait tout le temps de vous, et il était d'un triste !

— Il s'est vanté d'avoir été mon amant, celui-là aussi ?

— Ah ! mais non, il vous défendait, au contraire ; il disait que tout ce qu'on racontait était faux.

.·.

Pauvre Verner ! Comme cela remonte loin ! Dix-huit ans ! J'en avais seize à cette époque... Il était marié, moi j'allais me marier aussi, sans enthousiasme... Est-ce qu'on sait à cet âge ? Dès que je le connus, il m'inspira une sympathie très franche et très pure. Oh ! ce n'est pas qu'il fût bien transcendant..., mais je vivais dans un milieu si borné, si prudhommesque ! Il était doux, rêveur, romantique... Jamais il ne me dit un mot qui pût effaroucher ma vertu de petite bourgeoise.

Naturellement mon mari m'avait reproché cette amitié, si maladroitement, que son injustice m'avait encore davantage rapprochée de Verner.

Du reste, on imagine aisément le prestige que pouvait avoir aux yeux d'une petite provinciale, tombée dans le piège du mariage sans rien connaître de la vie, cet ami romanesque qui lui disait des choses jolies, qui lui parlait comme à une grande personne importante, elle, qu'on traitait encore en gamine négligeable...

Malgré tout, la force des choses nous avait séparés... J'avais cessé de le voir bien longtemps avant mon divorce.

Et voilà qu'à évoquer cette époque si fraîche, si jeune de ma vie, il me venait des bouffées de souvenirs étrangement savoureux. Jamais, jamais, depuis quinze ans, je n'avais pensé à Verner, et tout à coup son image s'imposait à ma mémoire. Je me revoyais marchant près de lui à la lisière de la forêt, et l'évocation était si forte, que je pensais respirer l'odeur des bois de mon pays...

Certes, je ne souhaitais pas le revoir, ce pauvre Verner ! Je me rendais bien compte de ce qu'il était en réalité : peu cultivé, joli homme de province, jouant les amants romantiques qui soupirent sous les balcons, sans compter que les années avaient dû l'épaissir, lui donner un air de sotte importance... L'homme n'existait plus pour moi, mais, autour de sa silhouette, foisonnaient mille souvenirs charmants qui faisaient diversion, chassaient mon idée fixe... En égrenant le chapelet des anciens jours, j'allais oublier les jours présents... franchir « le cap des tempêtes », entrer dans la zone sereine où je serais « hors de danger ». Mon amour présent allait s'évanouir dans l'ombre douce de cette lointaine amitié amoureuse.

C'était — ne souriez pas — comme de l'homéopathie sentimentale...

J'ai gardé l'inconnue un mois... Je l'ai tirée de peine, et comme, avec émotion, en me quittant, elle me remerciait : « Mais non, mais non, lui dis-je, c'est moi qui vous suis très reconnaissante... »

Elle ne comprendra jamais.

## XIV

*Le Cœur a ses raisons.*

— Oh ! Madame, je vais être bien indiscrète, mais... vous ne voudriez pas me donner votre livre ?

— ...

— Non, pas celui-là... Celui où il y a des lettres d'amour... Je suis une sentimentale, moi. Le soir, en quittant le magasin, je m'arrête toujours à l'étalage des libraires, lorsqu'ils ne sont pas fermés. Je regarde les titres des livres, et je voudrais avoir le moyen d'acheter tous ceux où il y a le mot amour sur la couverture. Oh ! ne me croyez pas une dévergondée. Je suis une honnête personne, seulement j'aime les choses sentimentales, tout ce qui est poétique.

Ceci est accompagné d'un gros soupir, d'un regard extasié, et suivi d'un silence lourd de mélancolie.

Souvent, j'entre dans ce magasin de bonneterie à l'aspect provincial, placé sur ma route ; on m'y connaît, mais c'est la première fois que je regarde la caissière. Immuable et falote, encastrée dans son rempart de chêne, elle m'a toujours paru sans visage. Sa peau « mâchée », ses yeux, ses sourcils clairsemés, ses cheveux, tout cela est jaune, décoloré. Pourtant, un chignon de chanvre bien bouclé, une guimpe de tulle blanc agrémentée d'un collier de corail, quelques bagues aux doigts, témoignent d'un naïf essai de coquetterie.

Ce soir, les patrons sont partis ; il y a peu de monde dans la boutique, on va bientôt fermer ; c'est pourquoi sans doute la caissière ose formuler sa demande.

J'acquiesce doucement :

— Certainement... volontiers, je vous le donnerai ce livre, mais... si vous êtes si éprise de poésie... votre métier doit parfois vous peser, madame...

A ce moment, un vendeur s'approche, suivi d'un acheteur :

— Accolade ! Deux paires de chaussettes, quatre francs quarante. Une dito, un franc soixante-quinze. Une paire bretelles, deux quarante-cinq.

La caissière inscrit, rend la monnaie sur dix francs, et, le client disparu, rectifie :

— Mademoiselle... je suis demoiselle... Ah ! oui, je déteste le commerce ! Je n'étais pas née pour cela, je vous assure... l'existence n'est pas gaie... Et avec cela, une plaie au cœur qui ne se guérira jamais.

De nouveau, je regarde le pauvre être disgracié, en tâchant de cacher l'indéfinissable malaise que l'on éprouve malgré soi à entendre une créature laide parler d'amour...

Quel âge peut-elle avoir ? Cinquante ans ? Quarante ? Trente seulement. Qui sait ?

Une mauvaise curiosité professionnelle me pousse à l'interroger ; mais de quelles vaines paroles pourrai-je payer cette confession ? Quel baume fugace saurai-je verser sur cette blessure ?

Elle reprend :

— Ça fait du bien de parler avec quelqu'un capable de vous comprendre...

Je pose, tout de suite, la question qui me brûle les lèvres, en employant les mots de romance qui doivent lui être doux.

— Et il y a longtemps que vous avez « cette plaie au cœur » ?

— Trois ans... oui, Madame, et c'était mon premier amour ! Je n'avais pas eu d'aventures, comme ces filles qui se conduisent mal... J'étais institutrice, j'ai fait d'assez bonnes études en province. Oh ! pas comme on en fait à présent, bien sûr... mais je suis instruite tout de même. Ma famille tout d'un coup a été ruinée ; c'est alors qu'il m'a fallu travailler ; j'ai trouvé une situation pour éduquer de jeunes enfants, et je suis restée dix-huit ans dans des familles, en Algérie. Et puis, il y a quatre ans, j'ai hérité d'une cinquantaine

de mille francs... Une vieille cousine qui est morte. Je n'y comptais pas, je la connaissais à peine. Et c'est comme cela que je l'ai connu, Lui. Vous comprenez, je n'entendais rien aux affaires de succession, n'est-ce pas ? Alors, je suis allée chez un avocat-conseil. Il y était principal clerc, et Il était si distingué, si aimable, si prévenant. Ah ! je ne lui en veux pas ! Je lui dois les plus belles heures de ma vie. Il me faisait des vers, oui, Madame, je vous les montrerai, si vous passez un soir vers cette heure. J'ai tout ça, dans un petit coffret, avec ses lettres, et des fleurs séchées ; c'est mon trésor. Chaque soir je les relis, et après, je prie le bon Dieu pour qu'il soit heureux... Car s'Il n'avait pas rencontré cette méchante femme, il me serait demeuré fidèle. Il me l'a écrit : « Plaignez-moi, ma douce fée, je suis ensorcelé, possédé, mais j'emporterai votre souvenir jusque dans la tombe, ô vous, qui fûtes le rayon lumineux de mon âme. » Est-ce joli ? Ah ! il aurait pu faire des livres, lui aussi, s'il avait voulu ; il s'exprimait si bien !

« Je les sais par cœur toutes ses lettres, et tenez, vous me croirez si vous voulez, mais parfois, entre deux additions, je les récite comme une prière. Et le dimanche, quand je suis seule, je ne connais personne, personne, ici, eh ! bien, je reste dans ma chambre, les yeux clos, à rêver aux beaux dimanches où Il m'emmenait promener. En avait-il des attentions ! Une fois, il est descendu dans un ravin, oui, Madame, un endroit très dangereux, pour me cueillir une petite branche de clochettes bleues : « Une fleur bleue pour la jolie fleur bleue », m'a-t-il dit. Je sais bien que je ne suis pas jolie, mais, n'est-ce pas, Il me voyait avec ses yeux d'amoureux et de poète... Et jamais, Il ne m'a manqué de respect... Il était délicat, correct, Il savait bien que j'étais honnête. Ah ! nous pouvions aller n'importe où ensemble, rentrer tard seuls dans une voiture, c'est à peine s'il osait me baiser le bout des doigts, en arrivant ét en me quittant. Ses intentions étaient si pures ! Nous devions nous marier ; vivre dans un beau pays plein de soleil, et je suis là, maintenant, à aligner des chiffres, c'est dur...

Je hasarde :

— Hélas ! chacun a ses peines, les femmes surtout ; il faut essayer de se faire une raison... oublier...

— Oublier ? Mais je ne veux pas, Madame ! J'aime mon mal ; je serais perdue, abandonnée, si je n'avais pas ce magnifique souvenir. C'est toute ma vie ; pensez, je suis seule au monde !

— Oui... évidemment... Mais il me semble qu'avec vos cinquante mille francs, vous pourriez entreprendre quelque chose de plus en rapport avec vos goûts... un cours, une pension de famille. Que sais-je ?

— Mes cinquante mille francs ? Mais je ne les ai plus, hélas ! ils sont perdus... Je les avais placés là-bas, dans une banque ; ils devaient me rapporter gros d'intérêt. C'est Lui qui m'avait conseillé ce placement ; il avait une foi absolue en ces banquiers, et lorsqu'il apprit qu'ils avaient déposé leur bilan quelques jours après avoir reçu mon argent, il en fut consterné, fou de désespoir. J'ai dû le consoler, il serait tombé malade : « Quand je pense, répétait-il, que c'est moi qui vous ai fait commettre cette sottise, et que vous seriez en droit de m'en vouloir ; j'ai envie de me tuer ! » Voyez quels sentiments ! Lui en vouloir, à Lui, si bon, si loyal, qui s'était si gentiment dévoué dans toutes ces démarches ! C'eût été un comble ! Je lui ai répondu :

« — Après tout, je ne comptais pas sur cet argent. Eh ! bien, nous travaillerons comme avant, voilà tout. Mais marions-nous vite. »

« Je ne voulais pas le laisser seul en cet état, vous comprenez... J'avais peur qu'il ne fît un malheur.

« Et tout était décidé ! Mais il devint soucieux, préoccupé, je voyais bien qu'il n'était plus le même ; la perte de cet argent lui avait dérangé le cerveau. C'est à ce moment qu'il fit la connaissance de cette vilaine femme... qui l'a envoûté. Seulement, au fond, je suis bien sûre qu'il ne m'a jamais oubliée, puisqu'il m'aimait : « Partez, rentrez à Paris, m'a-t-il dit, on ne sait jamais ce que l'avenir nous réserve. » Et je suis venue, j'ai quitté la famille où j'étais, sans dire même que j'avais perdu mon argent ; à quoi bon ?... »

Toute remuée, j'ai d'abord envie de dessiller les yeux de la pauvre fille. Peut-être se voyant démasqué, l'aigrefin que je devine lui rendra-t-il une partie de son argent, si toutefois il l'a encore... Mais je songe aussi à l'irrémédiable mal que je vais lui faire en lui enlevant son unique raison de vivre, ce rêve inachevé, compagnon de sa lamentable solitude, et, comme elle me demande :

— Croyez-vous qu'il me reviendra, Madame ?

Je réponds hypocritement :

— Mais oui, mais oui, espérez ; il faut toujours espérer.

## XV

*Votre maison.*

Quand je viens chez vous, dans votre vieille maison, toute peuplée pour moi d'ancestrales images, je crois respirer par bouffées les parfums de mon enfance.

Comme je l'aime, votre vieille maison que vous ne connaissez pas ! Mais oui, ne prenez pas cette mine étonnée, j'ai bien dit : vous ne la connaissez pas. Ah ! bien sûr, vous l'aimez, et elle vous accueille, mais cela ne prouve rien... Vous êtes aussi étrangers l'un à l'autre que ces pitoyables amants, victimes du « coup de foudre » et condamnés par le destin à ne s'adorer que le temps qu'ils s'ignoreront.

Qu'une tare, qu'un défaut de confort à la

longue vous pèse et vous vous en irez sans regrets. Rien ne vous attache ici, hormis l'ensemble harmonieux, le plaisant coup d'œil qui, à moi, me sont aussi indifférents qu'à vous, les recoins familiers qui m'attendrissent.

Vous êtes touché d'une grâce passagère, mais il vous manque la foi initiale, l'atavisme... Vous éprouvez le contentement nouveau d'avoir pour vous seul une confortable maison ; cela vous grise. Vous en parlez comme les garçonnets, au lendemain de leur première communion, regardent dix fois l'heure à la minute, pour montrer leur belle montre.

Le mur tapissé de lierre, banal en soi, vous paraît unique et, nulle part ailleurs, on ne voit cette rivière de ciel qui coule le soir entre les chênes... Vous vous extasiez sur le jardin qui s'enorgueillit au centre de la pelouse d'un factice ruisseau où, à l'aube et à la chute du jour, coassent des grenouilles nostalgiques.

Vous me dites, exultant :

— Montons voir, du second étage, le bassin à la française du parc voisin.

Et vous vous impatientez parce que je m'attarde dans l'escalier à regarder, de longues minutes la petite niche qui abrita sûrement une sainte. Maintenant y gisent pêle-mêle le collier du chien, des journaux, une brosse. Vous ne comprenez pas que je m'arrête à ça, tandis que de là-haut, on peut admirer de si jolies choses... Une niche avec une sainte dedans ! Comme mon cœur bat ! Cela ne vous rappelle donc rien de votre enfance, à vous ? Vous n'avez donc pas eu, jadis, une vieille maison, avec une jolie *Notre-Dame de Bon Secours* dans une niche, à droite de l'escalier ? *Notre-Dame de Bon Secours*... Voyons ? Vous savez, bien, la plus coquette de toutes les Vierge Marie, toujours parée de brocart, de dentelle et d'or, couronnée des gemmes les plus rares, les plus scintillantes... et qui porte sur son bras un enfant Jésus si merveilleusement ha-

billé !... Lorsque j'étais petite fille, je me demandais parfois, moi qui en jouant me tachais sans cesse, comment il s'y prenait, lui, le petit Jésus, pour ne jamais salir ses beaux « effets ». Négligemment je vous ai demandé un jour :

— Le grenier doit être joli ?

Et, surpris, vous m'avez répondu :

— Joli, le grenier ? ma foi, je ne l'ai jamais vu ; mais si vous saviez comme la cave est fraîche, comme mon Vouvray, à cette température, est agréable à boire ! Ah ! j'ai une cave incomparable...

... Vous n'avez pas eu la curiosité de visiter le grenier ! mais... quand vous étiez enfant, vous n'avez donc jamais cédé à l'attirance d'un vieux grenier, vous n'avez jamais goûté la joie de vous réfugier sous le toit, les poches bourrées de fruits, et de rester là, longtemps — jusqu'à ce qu'on vous appelât — à fouiller les malles mystérieuses aux relents de patchouli, à lire de vieux almanachs aux pages déchiquetées, à feuilleter des livres à tranches rouges, à couvertures marron tavelé, dont la plupart des pages jaunies manquent au plus beau de l'histoire ; des livres enfin qu'on ne déniche que dans les vieux greniers. Et quand vous vous glissiez, méprisant un peu les grandes personnes qui ne les pouvaient approcher, sous les angles bas et étroits, vous ne vous êtes jamais comparé à un dieu tout-puissant ! Vous n'avez jamais traîné une caisse vide jusque sous la lucarne, pour grimper dessus, et regarder, des heures durant, le peuple fabuleux des cheminées, aux diaboliques visages ?

Vous n'avez jamais écouté, lorsqu'elle s'accompagne du martellement de la grêle sur les ardoises, la mélopée de la gouttière un jour de pluie ?

Ah ! avoir bien peur, blottie dans un grenier, pendant l'orage, si vous saviez comme c'est bon !

Eh bien ! moi, je le connais, votre grenier ; j'y suis montée un après-midi que vous n'étiez pas là, aussi émue qu'une amoureuse franchissant le seuil de l'aimé... A la porte, d'instinct, pour ne pas effaroucher les vieilles choses endormies, j'ai chuchoté doucement : « C'est moi... » et il m'a semblé que tout ce qui était là s'agitait en un long frémissement d'aise... Non, non, ce n'était ni le vent, ni le courant d'air...

Et savez-vous ce que j'ai découvert, là-haut, tout là-haut, dans le long couloir ? Une fenêtre à guillotine! Oui, une vraie, comme *chez nous,* autrefois...

En essayant de l'ouvrir, je me suis blessée aux doigts; mais qu'importe, puisque j'y suis parvenue ! Quand j'ai demandé à votre servante de l'huile et une plume du plumeau pour graisser les coulisses, elle m'a regardée ahurie, après quoi, elle m'a déclaré avec compétence que « ça ne s'ouvrait pas ».

Et lorsque, triomphante, je fis fonctionner le ressort, elle s'est écriée :

— Oui... mais à quoi que ça avance, Madame, de s'être sali les mains pour faire marcher ça, puisque ça donne sur une courette et qu'on ne voit rien.

Et pas plus qu'elle vous n'eussiez compris si vous aviez été là.

Quand vous célébrez le jardin, ses arbres, ses plantes et ses oiseaux — seriez-vous capable de distinguer le pierrot casqué de noir, de sa femelle uniformément grise, ou la brune abeille veloutée de l'étincelante guêpe zébrée d'or ? — Votre ignorance de la nature déçoit et contriste mon âme rurale, autant que mon instruction rudimentaire étonne l'homme cultivé que vous êtes.

Savez-vous seulement que le saule, dont les branches retombent au-dessus du ruisseau artificiel en somptueuses fusées, et que vous admirez tant, agonise lentement ?

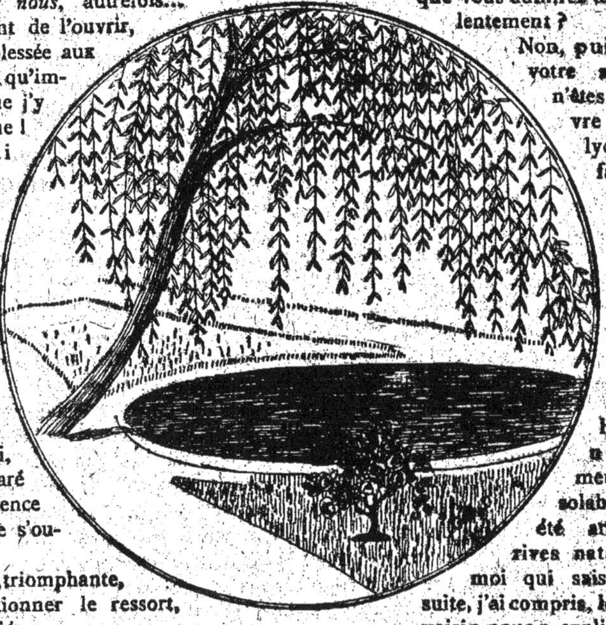

Non, puisque avec votre savoir vous n'êtes qu'un pauvre enfant de lycée, un enfant des villes, qui n'a jamais vu dépérir les saules dans les jardins, les saules dont la fin romantique laisse imaginer qu'ils meurent inconsolables d'avoir été arrachés aux rives natales... Mais moi qui sais... tout de suite, j'ai compris, lorsque votre voisin nous a expliqué :

— Ses premières années, il montait, montait, et puis tout d'un coup, sans qu'on ait rien fait pour cela, *il est devenu un saule pleureur...*

Sans rien dire (à quoi bon ?) j'ai fait le tour du saule, et bien vite j'ai découvert sa blessure, presque neuve, mais inguérissable... Là, très bas, à la souche, voyez... une toute petite fente, eh bien ! à chaque hiver, elle s'élargira, et, à mesure aussi, la

*Le saule dont les branches retombent....*

sève remontera vers la cime qui s'inclinera un peu plus... Vos yeux de profane croiront à un plein épanouissement, car plus le mal sera grave, plus feuillu sera le panache. Jusqu'à sa dernière saison, l'arbre charmant défiera la mort, sa croissance illusoire trompera vos yeux qui ne voient point, et vous l'admirerez comme on envie, quand on ignore la cause de leur éclat, les pommettes carminées des poitrinaires.

Mais un printemps, le saule ne reverdira plus ; comme moi, vous en ferez le tour, vous verrez bien alors qu'il est fendu tout du long, mais vous ne comprendrez pas davantage...

## XVI

*Tout s'en va.*

Ma rue se fraie un chemin paisible entre de hautes et solennelles demeures, qui ferment des portes discrètes sur des existences noblement silencieuses. Et son grand charme, c'est qu'elle ne vient de nulle part et qu'elle n'aboutit pas.

Elle naît subitement, d'un coin tumultueux, sans cesse engorgé par l'encombrement des plus pesants véhicules ; elle se perd tout à coup derrière la plus tapageuse de nos gares, et il semble qu'elle n'ait pas d'autre rôle que de tracer, entre ces deux vacarmes, une longue ligne d'ombre et de paix. Dans son cours indolent, elle coupe d'autres rues, bruyantes, celles-là, toutes vibrantes du torrent de vie qu'elles charrient incessamment vers les grands débouchés du nord et du sud. Mais sa placidité n'en est point troublée ; elle les croise doucement, avec le froid dédain d'une grande dame qui se glisse, en serrant ses jupes, à travers une foule suspecte, et elle continue sa marche, sans but, dans une sorte de rêverie muette.

Hier, en sortant de chez moi, j'ai rencontré ma vénérable voisine, la douairière de M... Doucement, avec un sourire amène, elle me fit quelques remarques désobligeantes sur la dimension de mon chapeau, qu'elle jugea « voyant » ; puis, sans que ce fût, du moins je le suppose, par voie de conséquence, elle ajouta : « Croyez-vous, chère Madame, *notre* rue se dérange ! »

Étonnée, un peu effrayée, ne sachant trop dans quel sens je devais entendre ces paroles, je regardai autour de moi. Les maisons gardaient leur apparence discrète, portes closes comme des lèvres pincées ; sur les trottoirs, glissaient, se rendant à la messe, des dévotes étriquées, qui portaient sous leurs bras de gros livres de messe, recouverts d'étoffe noire.

Je reportai les yeux vers la douairière, qui continuait de sa voix douce, un peu lente :

— Oui, chère Madame, c'est à croire que notre pauvre rue, elle non plus, ne saura pas échapper à la corruption des temps... Vous savez que le propriétaire de ma maison est mort ? C'était un bien digne homme ; Dieu l'a rappelé à lui, malheureusement trop tôt. Il n'a pas eu le temps de faire de testament, ce sont des cousins, des gens de rien, sans religion, qui ont hérité. Les anciens concierges sont partis ; ceux qui les remplacent louent à tout venant !... Un appartement qui était à louer depuis quatre ans ! vous entendez ?... tant on craignait un mauvais voisinage... Eh ! bien, ils l'ont loué à une petite femme, qui se dit veuve... Veuve ? hum !... En tout cas, une veuve qui a bien mauvais genre, je la croirais plutôt divorcée... Divorcée ! dans une maison comme la nôtre ! Avec des jeunes filles ! Quel exemple !

— Elle se tient mal, cette jeune femme ? risquai-je.

— Comment, vous ne l'avez pas rencontrée dans la rue, avec ses cheveux courts, ses chapeaux excentriques, ses robes plaquées sur le corps ? Mais c'est un scandale ! Tous les hommes se retournent sur elle !... Je vois ça de mes fenêtres ; je l'ai fait remarquer l'autre jour à Monsieur l'abbé...

« C'est que vous, chère Madame, vous n'avez pas connu notre rue, dans son beau temps. Ah ! c'est il y a vingt ans, qu'il fallait la voir : rien que des familles bien pensantes, des Messieurs prêtres. Il n'y avait pas cette boutique de teinturerie, avec ces femmes... toujours sur la porte ; il n'y avait qu'une boutique, celle du charbonnier, un brave homme ; c'est lui qui avait à descendre les malles, quand nous partions pour la campagne. Il a vendu son fonds, il y a cinq ou six mois, à un garçon mis comme un monsieur, ma foi, rasé de frais, tout propre ; on ne dirait jamais un charbonnier. Ma bru a une femme de chambre, une petite fille très bien, que nous avons prise dans un patronage ; nous n'osons même plus l'envoyer chez lui, et je le dis à tout le monde, pour mettre en garde les personnes qui ont de jeunes domestiques. Il ne pourra pas continuer, ce garçon, on n'ira plus chez lui ; c'est impossible, vous comprenez.

« C'est comme l'hôtel, là, en face, vous n'avez pas idée comme il était bien, autrefois ; mais tout a bien changé... La fille s'est mariée, ses parents lui ont alors donné la maison en dot, et se sont retirés. Le jeune ménage a voulu transformer la maison, je vous demande un peu !... J'ai bien vu tout de suite que ce ne serait plus le même genre. On a emporté les vieux lits d'acajou. On en a rapporté d'autres, des lits de milieu, avec des rosaces... Ils ont mis des brise-bise de couleur. Alors, n'est-ce pas, la vieille clientèle est partie. Je ne sais pas celle qu'ils ont maintenant... Je ne peux pas voir de mes fenêtres, vous comprenez... C'est sur le même côté... Mais... voyez-vous, on dirait que c'est depuis que le journaliste est venu habiter la rue que tout a mal tourné.

— Il y a un journaliste dans la rue ?

— Oui. Oh ! pas quelque chose de bien ; il écrit dans des journaux que nous ne lisons pas... Il y a là une actrice qui vient chez lui, avec de la poudre de riz, elle a l'air d'un pierrot. Cela m'ennuie bien, parce que mes petits-fils la voient quelquefois, de la salle d'étude...

— Quel âge ont-ils ?

— L'aîné va sur les neuf ans, le petit n'en a que cinq... Mais qu'est-ce que je vous disais donc ? Ah ! oui, je ne comprends pas que le propriétaire ne donne pas congé ; ce sont des allées et venues continuelles, seulement, il graisse la patte de la concierge, et elle ne dit rien ; j'ai bien envie de lui écrire, moi, au propriétaire.

— Mais, il ne fait pas grand mal, ce journaliste. En somme, on est maître de recevoir qui l'on veut chez soi...

— Ah ! mais, chère Madame, est-ce que le mal de la rue vous gagnerait aussi ? Voyons, vous n'allez pas plaider la cause de gens pareils, je suppose ? Prenez garde, vous connaissez le proverbe... Je puis me permettre de vous dire cela aussi, par amitié... Tenez, vous avez une robe rouge, n'est-ce pas ? Je ne veux pas la critiquer, mais ma bru me disait hier encore : « Notre voisine, vous savez... Eh ! Eh ! » C'est comme votre coiffure ; franchement... là, que voulez-vous qu'on en pense ? »

C'était dit très gentiment, avec un sourire doucement maternel. Mais il y avait tout de même « quelque chose » dans le coin des lèvres... Mon Dieu ! que je suis inquiète ! Si j'allais perdre l'estime de la douairière ?


## XVII

*Le Cœur double.*

Je ne l'aime plus ; il le voit. Je suis impuissante à le lui cacher.

Je ne l'aime plus ? Il serait plus exact de

dire que je ne l'ai jamais aimé : ce n'était pas de l'amour, cette affection facile et sereine, qui me laissait l'esprit libre, les sens en repos et m'enveloppait d'un voile gris et doux, à travers lequel tout me semblait incolore, calme et vague.

Au contraire, depuis que Jean est venu dans ma vie, tout m'apparaît resplendissant. Il me semble que je m'éveille d'une longue

qui recouvre la vue quand elle rencontre le prince Charmant... Puis j'éclate de rire et je vais me regarder dans la glace. Eh bien ! non, là encore, ce n'est plus moi. Je n'avais pas ces yeux-là autrefois, je n'avais pas non plus ce visage tout illuminé de joie, cet air de « miraculée », de « révélée ». Tout mon être, à présent, est irradié par une flamme intérieure.

*Spontanément je lui ai tendu les deux mains* (p. 40).

torpeur. Comme une fillette, je me surprends à me comparer aux héroïnes des contes de fées. Je songe à la princesse endormie jusqu'à l'arrivée de son chevalier, à l'aveugle

Parfois, pourtant, j'ai des heures de mélancolie... *Il* avait tant de confiance en moi ! *Il* m'aimait tant... Il me savait loyale, scrupuleuse. Quel coup pour lui, quand il saura que je ne l'aime plus! Ce n'est cependant pas ma faute, si l'amour m'a surprise, saisie, « tourbillonnée » et vaincue. Cela eût pu lui arriver comme à moi ; je ne lui en aurais pas voulu, moi. J'aurais compris...

Oui, mais j'aurais compris parce que je ne l'aime pas...

...

Maintenant, *il sait*.

Comment s'en est-il douté ? Oh ! ce n'était guère difficile ; je n'ai pas l'âme d'une rouée, et le mensonge me répugne. Me voyant lointaine, distraite, il a passé en revue tout ce qui pouvait me préoccuper, puis, frappé d'une idée subite, il m'a dit : « Tu ne m'aimes plus », et tout de suite après : « Tu en aimes un autre ». J'ai baissé la tête sans répondre, ne voulant pas lui faire de peine, et ne sachant pas dissimuler.

Si j'avouais ceci, je sais bien qu'on ne me comprendrait pas et qu'on rirait peut-être ; mais à ce moment, j'aurais voulu me réfugier dans ses bras, appuyer ma tête sur sa large épaule amicale, et lui confier la détresse de mon âme, lui dire le chagrin que j'éprouve de la souffrance que je lui cause. J'aurais voulu le consoler avec des mots très doux : il est, il reste mon ami très cher, il a été le compagnon de longues années de ma vie, nous ne serons jamais des étrangers, des indifférents l'un pour l'autre : ce serait monstrueux que des êtres qui ont vécu côte à côte, pussent se séparer, s'en aller chacun de son côté, sans jamais se revoir.

Même en le quittant, je continuerai à l'aimer, comme je l'ai toujours aimé... comme un frère.

...

Il m'a fait une scène odieuse. Il a été injuste, c'est fini, je le déteste. Non, je ne veux jamais le revoir : qu'il m'en veuille de ne plus l'aimer, qu'il en conçoive du dépit contre Jean, c'est naturel, compréhensible,

mais ça ne l'autorisait pas à calomnier ainsi celui que j'aime. Toutes les sottises, tous les mensonges, toutes les infamies qu'il a pu inventer, il me les a criées pour essayer de l'amoindrir à mes yeux.

Ce que je lui passe moins encore, c'est d'avoir raillé son physique, son langage, ses manières, sa tenue. Il s'est efforcé de le rendre ridicule. C'est mesquin, lâche, indigne d'un honnête homme.

Il a mis le comble à mon indignation par cette phrase imbécile :

« Un autre, n'importe qui, je comprendrais peut-être et je te trouverais des excuses ; mais ce crétin ! Je ne te le pardonnerai jamais ! »

Me pardonner ? Mais je n'en veux pas de son pardon ! Et d'abord, en quoi suis-je coupable ? On n'est pas maître de son cœur : on aime, on n'aime plus, nul n'y peut rien. Ah ! comme à ce moment, on sent bien la vanité des mots que l'on a prononcés soi-même, quand on jugeait les autres de loin, froidement ! C'est trop facile d'être magnanime, de glorifier le devoir, ou d'être intransigeante au nom de la « morale », quand cela ne vous coûte personnellement aucun sacrifice...

Faut-il l'avouer ? Au fond, je lui suis presque reconnaissante de la scène qu'il m'a faite. Il a tenu à me prouver qu'il n'était pas digne de la bonne affection que je lui gardais. Comme cela, je puis le quitter sans trouble. Je me sens plus libre, depuis qu'il m'a libérée. Il s'est conduit en « mufle » avec moi ; on n'a pas de remords de rompre avec un « mufle »...

...

Depuis un mois, nous sommes séparés. Quand je lui ai signifié ma résolution irrévocable de le quitter, il est devenu très pâle, mais il n'a pas eu un mot d'amertume.

Au moment de mon départ, il m'a dit très doucement : « Je tiens à vous demander pardon de la scène ridicule que je vous ai faite. J'étais très malheureux, la douleur m'a fait perdre la tête. Vous qui aimez, vous devez comprendre la folie qui peut gagner un être, quand il perd ainsi tout ce qu'il a de plus cher. Le désespoir m'a fait délirer, et m'a peut-être

*Tout l'après-midi elle avait erré au hasard* (p. 42).

rendu très méchant. Ne me gardez pas rancune, soyez pitoyable, je souffre tant. »

Je l'ai regardé. En huit jours, ses tempes se sont argentées. Deux rides, qui sont comme le lit des larmes, creusent ses joues. Spontanément, je lui ai tendu les deux mains. Ses lèvres tremblaient, ses yeux étaient décolorés par les pleurs. Cela m'a bouleversée. « Nous ne serons pas des ennemis, dites ? ai-je supplié. Il est impossible que nous cessions de nous connaître, deux êtres qui ont été unis des années ne peuvent, parce qu'ils se séparent, devenir à tout jamais étrangers l'un à l'autre... Nous nous reverrons, je vous aime comme si vous étiez mon frère ; aimez-moi comme une sœur. »

« C'est cela, a-t-il balbutié, sans réussir à sourire ; écrivez-moi, dites-moi que je ne vous perds pas entièrement, mais partez, partez vite, mon courage s'en va... »

Il m'a poussée doucement vers la porte. La voiture attendait. J'y suis montée sans me retourner. J'ai entendu derrière moi un cri étouffé, et c'est en sanglotant que je suis arrivée près de Jean, si joyeux de m'avoir enfin !

..

Jean me parle avec enthousiasme des beaux voyages que nous allons pouvoir faire tous les deux, maintenant que je suis libre. Il rayonne de bonheur, et pas une ombre n'obscurcit son allégresse... Pourquoi suis-je parfois secrètement irritée de son air trop satisfait ?

Pourquoi ? Je le sais bien, et j'ai peur d'y penser. J'y pense malgré tout, je pense à celui qui pleure là-bas, tout seul, et sa pauvre figure douloureuse s'interpose entre le bonheur et moi... C'est comme une tache qu'on a dans l'œil, et qu'on retrouve sur tous les objets.

Où donc ai-je vu ce tableau de Burne Jones, *l'Amour dans les ruines ?* Non, dans les ruines, il n'y a pas d'amour vrai. J'ai un peu honte de ce que je découvre au fond de moi. En réalité, j'aime ces deux hommes, très différemment, mais peut-être également. Je voudrais pouvoir ne renoncer ni à l'un ni à l'autre.

Et si j'osais le leur dire, ils ne me comprendraient ni l'un ni l'autre...

Si je leur disais, cependant, qu'un homme peut aimer deux femmes, ils n'en seraient pas du tout choqués, ni même surpris.

## XVIII

*Le Cœur mort.*

Mon Dieu, qu'elle l'avait aimé!

Elle se souvenait de l'atroce déchirement, lorsqu'elle avait appris sa trahison, de la douloureuse et sotte fierté qui lui avait dicté ce billet maudit : « Je ne veux plus vous revoir ; je vous méprise, adieu. » Mais elle l'avait écrit, ce billet avec l'arrière-pensée qu'en le recevant, il accourrait affolé, qu'il la supplierait de lui pardonner, ou bien lui jurerait qu'il ne l'avait jamais trahie, que tout ce qu'on lui avait raconté était faux.

Et déjà elle se sentait prête à admettre n'importe quelle explication, plutôt que de le perdre, à se raccrocher aux plus fragiles espoirs, à se leurrer d'illusions, à se laisser convaincre, fût-ce par les plus absurdes invraisemblances.

Pourtant un reste d'orgueil l'avait éloignée de chez elle, dès que son « bleu »

avait été parti, elle ne voulait pas être là quand il viendrait ; elle voulait paraître forte... « Il sera malheureux en ne me trouvant pas, s'était-elle dit, tant mieux ; c'est bien son tour de souffrir un peu. » Après, elle le rappellerait bien vite, elle lui écrirait : « Vous êtes venu, vous avez raison ; nous ne pouvons nous quitter ainsi, sans une dernière explication (elle soulignerait *dernière explication*), je vous attends. »

*Elle était entrée dans les églises, priant, pleurant* (p. 42).

G. G. DONILO.

Alors elle avait éprouvé un grand soulagement.

« Une dernière explication ! »

Elle voyait la scène : il entrait, elle s'efforçait d'être digne... mais tout de suit il la prenait dans ses bras, et elle se mettait à sangloter, la tête enfouie dans son cou, tandis qu'il la berçait doucement avec de ces mots qui endorment les soupçons. Si elle sentait venir le mensonge trop flagrant, eh bien! lâchement, elle lui fermerait la bouche avec ses lèvres en murmurant : « Tais-toi, ne dis plus rien, tu es là, c'est fini, je t'aime. »

Tout l'après-midi, elle avait erré au hasard, telle une démente; les gens se retournaient; qu'importe? Elle était entrée dans les églises, priant, pleurant.

Parvenue au pont Notre-Dame, sans savoir comment, elle avait pris un bateau-mouche. Il était tard, elle était allée jusqu'au point terminus, réfléchissant qu'à son retour elle n'aurait plus le temps de lui écrire, et que de la sorte, il serait tourmenté encore toute la nuit...

En rentrant, elle avait demandé d'un ton qu'elle s'appliquait à rendre dégagé :

— Il n'est venu personne?

— Non, Madame.

Ah! l'horrible coup au cœur! Défaillante, elle avait demandé encore :

— J'ai des lettres, des bleus?

— Oui, Madame, tout est sur la cheminée de la chambre.

Elle s'était précipitée, éparpillant les enveloppes de ses mains tremblantes : Son écriture n'était pas là!

.<br>..

La tête vacillante, une sensation de froid par tout le corps, elle s'était effondrée sur son lit, et elle était restée ainsi toute la nuit, se répétant : « C'est impossible, impossible; j'ai sans doute été injuste, il veut m'éprouver à son tour, se venger; mais demain, j'aurai une lettre. »

Au matin, elle s'était traînée à sa fenêtre pour guetter le facteur. Quand elle l'avait aperçu au coin de la rue, elle avait dû s'agripper à la barre d'appui pour ne pas tomber; ses jambes fléchissaient... Et l'homme n'avançait pas! Il s'attardait à toutes les portes; on eût dit qu'un dieu malin se plaisait à le retenir pour la torturer... Enfin! il était là, en bas.

Maintenant, c'était la concierge qui n'en finissait pas de monter. N'y tenant plus, elle avait dégringolé les étages, saisi son courrier, et elle s'était sauvée en l'emportant comme une proie.

Mais comme la veille, il n'y avait rien de lui...

Rien! quel écroulement! quelle sensation de mort, de fin de tout!

Elle avait attendu un jour, deux jours, fuyant sa maison pour que l'on ne s'aperçût pas de sa détresse, de ses gestes d'hallucinée. Enfin, le deuxième jour (ah! cependant, comme elle s'était moquée autrefois, de cette « mesquine convention » qui veut que les amants se rendent leurs lettres lorsqu'ils se séparent!) elle avait écrit « pour voir » ce court billet, dont la niaise banalité recélait tant de douleur : « Puisque tout est définitivement fini, rendez-moi mes lettres. »

Sans un mot, sans une explication, elle les avait reçues le jour même.

Ainsi, brutalement, s'était achevé son triste roman d'amour.

Il n'avait jamais su combien elle avait souffert. Personne, dans son entourage, n'avait soupçonné le drame. Sa liaison était ignorée. Aux heures où, malgré sa maîtrise de soi, elle laissait paraître sa lassitude de vivre, ses amis disaient : « Neurasthénie... »

Elle ne pouvait plus passer par les rues qu'ils avaient suivies ensemble, respirer certains parfums, voir un titre de livre dont ils avaient parlé, sans croire qu'elle allait s'évanouir. Parfois elle était prise d'un besoin fou de le voir. Alors, cachée au fond d'une voiture, elle allait le guetter... Sa vue en même temps la torturait et lui faisait du bien.

Il lui arrivait aussi, sous un nom d'emprunt, de le faire demander au téléphone, pour entendre sa voix. Elle le laissait s'égosiller en « allo? allo? » impatients, et quand, fatigué d'attendre, il raccrochait le récepteur, elle s'en allait malade de douleur.

**

Cette vie lamentable avait duré deux ans. Puis, peu à peu, la guérison était venue. Maintenant elle ne l'aimait plus, elle en était sûre. Brusquement, un jour, elle s'était retrouvée en face de lui, et elle n'avait éprouvé d'autre émotion qu'une surprise désagréable, un peu de honte d'avoir été sa maîtresse.

Comment! C'était pour ce garçon falot, quelconque, sans talent et sans prestige, qu'elle avait failli mourir? Mais avec quels yeux l'avait-elle donc vu?

Elle le compara à Dargence, le grand et glorieux écrivain, qui l'avait entourée d'une affection si étroite, si bonne; elle conçut de la fierté d'être l'amie d'un tel homme. Celui-là l'avait aimée, l'aimait, elle en était certaine; il avait peut-être été le seul à deviner quelle avait été *sa raison de souffrir*, et pourtant il ne lui en avait jamais parlé, il l'avait consolée, guérie sans qu'elle s'en aperçût, sans qu'elle le voulût...

Ce n'était que tout récemment qu'il avait osé lui dire son amour, et son espoir qu'un jour, elle aussi finirait par l'aimer ; elle était trop jeune pour vivre sans amour.

Mais en évoquant l'image de Dargence, le seul homme qui lui plût pourtant, son cœur ne vibra pas. Elle demeurait froide, indifférente. Il lui sembla que jamais plus elle ne ressentirait le doux émoi que cause l'attente ou la présence d'un être adoré; sa vie d'amoureuse était finie, et ses jours s'écouleraient désormais, calmes, mornes, ternes...

Une voix secrète et implacable lui répétait que quelque chose en elle était mort, et qu'elle ne souffrirait plus, hélas!

*Elle avait dû s'agripper à la barre d'appui... (p. 42).*

## XIX

*Petits riens.*

— Vous savez, c'est fini, cassé avec Pierre, on se quitte, ou plutôt je le quitte, il ne croit peut-être pas que c'est définitif, mais cette fois, ça l'est bien.

» Il se dit : « c'est une toquade, un morbide besoin d'éterniser une querelle imbécile, née d'un rien, comme toujours. Et combien de temps cela va-t-il encore durer? Combien de lettres solennelles fleuries de « vous » pleins de dignité, va-t-il falloir échanger? Un, deux, trois, quatre, cinq ?... c'est cela, il y en a pour cinq jours, c'est chronique.

« Il s'imagine que mon irritabilité provient d'un état physique; il ne comprend rien, il ne sent pas que, si on était encore unis, si on s'entendait penser, au lieu d'être là à guetter le mot maladroit, le geste, le silence exploseurs, ces scènes stupides n'arriveraient pas. »

Jeannette, qui vient de s'engouffrer dans ma chambre sans même attendre qu'on l'annonce, me jette cela en décousu, d'une voix saccadée.

Et je l'écoute, saisie d'un malaise, comme chaque fois que l'on me parle de séparations, de brouilles... Mon Dieu que je n'aime pas ça..., que je voudrais donc qu'on ne m'en entretienne jamais...

Je risque :

— Ce n'est pas sérieux, voyons? Pierre vous aime; vous n'allez pas l'abandonner, faire un coup de tête... Songez à vos cinq années d'amour!...

Mais, est-ce à cause du ton inusité de mon amie, car ce n'est pas la première fois qu'elle me prend pour confidente de ses bisbilles avec Pierre; ou bien des mots : « amour, abandon », que je viens de prononcer étourdiment, comme je me serais cognée, et qui m'arrivent au cœur en contre-coup; je m'arrête muette, soudain.

Pourtant, je pense nettement : « Jeannette a tort. Pierre l'aime sincèrement, que cela lui suffise, seigneur! qu'elle n'aille donc point chercher l'impossible. Bien sûr, il n'est pas parfait, c'est un homme. Mais, en bonne vérité, les femmes sont-elles si angéliques?...

Un homme qui aime vraiment? Mais c'est autrement rare qu'elle ne croit, Jeannette! Des courtisans... oh! ça, il n'en manque pas, surtout lorsque, comme elle, on est jeune, charmante, que l'on gagne largement sa vie, que l'on représente ce type idéal, cet article de choix, cet oiseau bleu : la femme qui ne coûte rien. Mais l'ami, le compagnon des mauvais jours, celui auquel on peut se montrer, visage las et front soucieux, âme toute nue... où est-il? Je n'en vois pas tant que cela, moi?

Véhémente, Jeannette poursuit :

— Oh! je sais ce que vous allez dire; je connais le grand argument : je n'ai rien de grave à reprocher à Pierre! Assurément... Je n'ai contre lui aucun grief classique, conventionnel... mais... sont-ce les seuls capables d'assassiner l'amour? Non, allez : ils font souffrir un moment, des jours, des mois, selon..., mais s'ils nous sont révélés brutalement, en pleine quiétude, je crois au contraire qu'au plus fort de la douleur, le fantôme des heures heureuses surgit doucement, chasse le vilain cauchemar et nous pénètre d'un grand besoin d'indulgence, de pardon, d'oubli...

« Le pire dissolvant de l'amour, voyez-vous, ce sont les riens, les petits riens auxquels d'abord on n'attache pas d'importance et qui un à un, sournoisement, se massent, se solidifient au fil des jours, pour devenir un formidable édifice de rancœurs, auquel il faudra se garder de toucher, car, si l'on essayait d'en extraire un souvenir trop cuisant, ce serait aussi naïf que de lancer un caillou dans un essaim de guêpes, pour supprimer celle qui vous a piquée, sans prévoir que toutes les autres vont vous assaillir.

« Ah! que c'est triste, que c'est triste, si vous saviez, de se sentir impuissante devant le rêve effondré, d'être là à contempler les ruines de son bonheur émietté. Pierre et moi, nous nous sommes raccommodés trop de fois déjà, voyez-vous; il n'y a plus de place pour la plus petite reprise : au premier tiraillement, le point emporterait le morceau, comme pour le linge usé...

« Ne prononcez pas de mots apaisants, ce serait le remède qui engourdit sans guérir, qui prolonge inutilement... La résolution que je prends aujourd'hui, Pierre la prendrait demain ; de même que moi, il se lassera... Il n'y a plus rien à faire, nous nous sommes déchirés, déchiquetés à plaisir, dirait-on...; nous sommes de pitoyables ennemis, nous n'avons plus qu'à nous sauver en hâte, loin l'un de l'autre, si nous voulons éviter de nous haïr tout à fait... »

Ce n'est qu'une crise, Jeannette dit n'importe quoi, parce qu'elle est en colère, et aussi parce qu'il est dans son caractère de dramatiser, de rechercher les émotions; mais au fond, je suis tranquille, Pierre et elle s'aiment trop pour se séparer jamais. Dans cinq jours, il a dit vrai... ils seront réconciliés.

Cependant, malgré moi, je subis la contagieuse désolation de cette enfant un peu toquée, trop jeunette, qui jongle avec les grands mots, joue avec la chance, sans y voir plus de danger que, lorsque fillette elle s'amusait à fabriquer des « revenants » avec un drap de lit enroulé au pied d'un cyprès, au fond du jardin, pour se « faire peur » et goûter, à la nuit tombante, l'émoi d'une fuite éperdue à travers les allées sombres.

Mais, malgré moi, mon esprit contristé

*C'est fini, cassé, avec Pierre* (p. 43).

évoque le cortège des « séparés », qu'autrefois j'ai connus unis ; maris et femmes, amants et maîtresses ; étrangers, ennemis ou isolés, perdus, seuls dans la vie à présent. Quel vent néfaste a donc soufflé sur tous ces couples partis pour l'amour ? Je ne vois pas qu'il se soit passé entre eux tant de si grands drames ?...

Mais la voix de Jeannette, déjà plus calme, parce qu'elle s'est donnée, un instant, la satisfaction de se croire une femme forte..., interrompt ma méditation :

— Évidemment... il se peut qu'on se rabiboche encore... mais ça finira par craquer pour tout de bon, un jour ou l'autre... Oh ! ces riens ! ces maudits petits riens !... Tenez, on devrait, comme on met des plaques sur les grandes routes, pour indiquer aux chauffeurs imprudents les tournants dangereux, distribuer des médailles aux amoureux ; ils se les pendraient au cou, et matin et soir, y liraient en grosses lettres : « Tournant dangereux, prenez garde aux petits riens... »

Et après tout, Jeannette n'est peut-être pas si déraisonnable que ça ?...

## XX

*Pourquoi ?*

Je le revois, tel qu'il était là, mal à l'aise dans ma vieille bergère profonde, ne sachant que faire de ses longues jambes, et se tenant gauchement, genoux en l'air et épaules en avant, creusant la poitrine : un grand bellâtre à la lèvre rasée, aux souples cheveux bruns, mais déjà tonsuré sous les mèches habilement ramenées.

Il promenait son regard terne sur mes « antiquailles » et sur moi-même, qui, dans mon écarlate robe flottante, les cheveux pas coiffés « en dame du monde », devais lui paraître aussi insolite que mon cadre. Sans compter qu'après l'avoir fait venir, sous prétexte de lui demander conseil (une vague affaire de chicane — il est avocat — et je m'étais autorisée de communes relations pour l'appeler), voilà que je ne savais plus rien exposer… Réellement, je n'avais d'autre intention que le confesser adroitement ; je voulais savoir s'il avait deviné cette passion décevante qu'il avait inspirée à Madeleine, ce chagrin qui la minait ; mais je n'arrivais qu'à le détailler, surprise, préoccupée d'une seule question :

— Quoi ? c'est ce garçon-là qu'elle pare de tant d'attraits ?

Enfin la conversation s'accrocha tant bien que mal ; je me ressaisis, et il s'apprivoisa à la manière des animaux sournois, par mouvements lents et rampants. Il allongea d'abord une de ses grandes jambes, puis l'autre, puis ce fut le buste qui se tendit avantageusement, faisant valoir la belle cravate prétentieuse, mais révélant aussi la tare originelle : un dos arrondi et un nez en forme de banane.

La cigarette au bec, la tête rejetée en arrière, il se mit à parler de lui, rien que de lui, suffisant, borné, le discours émaillé à tout propos de crispants « Moi, je dis ceci » et de déductions en déductions personnelles, portant sur tout, des jugements imprévus et définitifs.

Il ne douta pas que mon silence gêné ne fût une approbation, et convaincu sans doute de m'avoir éblouie, il tint à ne me point céler son opinion des femmes…

« Entre psychologues… », ajouta-t-il négligemment.

« Les femmes, d'abord, il ne croit guère à leur honnêteté… Le tout est de savoir choisir le moment… Oh ! lui ne s'attarde pas aux subtilités d'une longue cour… Ça leur plaît ou non, n'est-ce pas ? Ah ! dame, il y en a pas mal qui auraient bien voulu qu'à leur profit il aliénât sa liberté, mais pas de ça, ah ! mais non ! on dîne ensemble, on va au théâtre, on soupe, on rentre et après, on se dit : « Au revoir et merci », et si ça vous chante une autre fois, on recommence ; sinon, eh ! bien, on n'est pas fâché pour ça… Les femmes qui comprennent l'amour autrement sont des niaises. La grande passion ? Quelle blague. On a autre chose à faire dans l'existence. Le grand amour ! c'est des histoires inventées par les faiseurs de romans. »

Il a dit encore une foule de choses, et tout à coup, il a regardé sa montre en s'écriant :

— Bon sang ! je suis en retard ! Je me sauve, mais je reviendrai vous voir ; vous savez, je ne vous le cache pas, j'avais de la prévention contre vous… moi, les femmes de lettres !… Eh bien ! là, vrai, vous ne m'effrayez plus ; au contraire, j'aurai du plaisir à causer avec vous, et je vous en raconterai des histoires de femmes ! Ah ! vous aurez de quoi en faire, des romans !

Ce fut accompagné d'un clignement d'yeux qui, ma parole, semblait m'indiquer qu'il me trouvait à son goût.

La porte refermée, j'ai intimé à ma camériste :

— Ce monsieur-là, tâchez de le reconnaître, hein ? Quand il reviendra, je serai sortie… toujours.

Et aujourd'hui, c'est elle qui est là, mon amie Madeleine, assise dans la même bergère, son pauvre joli visage las, les joues creusées, me disant :

— Vous ne pouvez pas savoir quelle crise je subis; hélas! non, je ne suis pas guérie... me guérirai-je seulement? Mais dites? Est-ce possible qu'une femme aimant comme j'aime soit aimée en retour? Cet inconcevable bonheur de pouvoir s'en aller un jour, rien qu'un jour, loin de tout, seule à seul avec l'être adoré; est-il des femmes qui l'ont connu? Oui, pourtant... Ah! que n'aurais-je donné pour avoir cette joie inouïe! Je crois bien que j'en serais morte de saisissement... Vous ne pouvez savoir combien je l'ai aimé.

S'il m'eût demandé de tuer, je l'eusse fait sûrement! Mon art, vous entendez, mon art, ma raison de vivre, je l'avais pris en horreur! Ça n'existait plus, puisqu'il ne l'aime pas; il m'eût commandé de brûler toutes mes toiles, que je les eusse sacrifiées. Je n'ai pas touché un pinceau depuis deux ans; plus rien n'a d'attrait pour moi. Le ciel est sans couleur, les paysages sans beauté; nul visage n'a de caractère. Les petites femmes sveltes, que je me plaisais à silhouetter, je les trouve détestables depuis qu'il m'a dit n'aimer que les femmes plantureuses. Tenez, moi, moi si fière de ma ligne, le croirez-vous? je m'astreignais à ne plus manger que des farineux; je me bourrais pour engraisser et lui plaire. C'est grotesque, insensé, et pourtant c'est ainsi, je m'en allais, démantelée, errer dans les rues où ensemble nous étions passés; je le fuyais, en l'appelant éperdûment, tout bas, pour lui confier ma misère. Il m'arrive encore d'être

*Assise dans a même bergère...* (p. 46)

prise brusquement d'un irrésistible besoin d'entendre sa voix, et, comme une folle, je cours dans un bureau de poste le demander au téléphone; je le laisse répéter : « Allô! allô! » Haletante, j'écoute sans répondre, et après qu'il a raccroché nerveusement le récepteur, je reste là, hébétée, grelottante de fièvre. D'autres fois, j'ouvre un annuaire, et, les paupières raidies, je fixe son nom jusqu'à ce qu'il s'anime sous mon regard, qu'il se mue doucement en un portrait parlant; et, le miracle achevé, je n'ose plus respirer ni bouger, de crainte de voir la précieuse vision s'évanouir.

« Il plaisantait ma façon de me coiffer, de me vêtir. Mon originalité l'étonnait; j'ai modifié ma mise. Je m'appliquais à transformer mon atelier en un salon bourgeois, comme ceux où il fréquente. Mon chien, mon pauvre petit Rafles si fidèle, mais j'ai failli le prendre en horreur, parce qu'il l'avait trouvé laid!»

J'écoute, déconcertée, ne concevant pas que cette femme fine, délicate, au talent prestigieux, qui fut aimée par des hommes de valeur, artistes comme elle — elle les a dédaignés — non, je ne conçois pas qu'elle, si choyée, si adulée, se soit éprise de ce sot, vulgaire, infatué et sans prestige, incapable de la comprendre, puisqu'ils ne sont en aucune manière sur le même plan, qu'ils parlent une langue différente et n'ont aucune affinité...

Mais voilà que lentement, une étrange angoisse me pénètre. Peu à peu, s'infiltre en moi un sentiment que je n'arrive pas à définir ; les personnages s'effacent, l'homme méprisable n'est plus là, je ne songe plus qu'à la splendeur d'un tel amour ; peu importe qui l'inspire. Et, en continuant de plaindre de tout mon cœur la souffrance de Madeleine, de toute mon âme, l'espace d'un éclair, je l'envie farouchement, moi qui n'aimerai plus jamais, jamais, moi, qui de par la force de ma volonté, suis devenue insensible, invulnérable, atrophiée, morte à l'unique raison de vivre.

## XXI

### Le véritable amant.

C'est un gentil garçon, un esprit délicat, supérieur assurément aux intellectuels catalogués. Mais, comme il est doux, timide, pas hâbleur, qu'il ne fait pas de mauvais vers, n'écrit pas de romans, n'est rien dans la presse, le barreau ou l'armée, ne monte pas en aéroplane, ne se révèle pas plus « cabot », qu'il n'est « artiste amateur », que ce n'est pas non plus un snob insipide, dont l'unique préoccupation est de figurer aux « échos mondains » dans cinq soirées le même jour, qu'il fait du sport, sans tapage ni photographe, et ne soupçonne pas les glorieux bénéfices du « communiqué », — les femmes le tiennent comme sans importance.

Elles le rangent dans la catégorie des « bons camarades », des hommes, dont on n'a pas l'air de s'apercevoir qu'ils sont aussi des hommes, et que l'on recherche particulièrement quand on aime... ailleurs sans certitude d'être aimée.

Il est celui dont la présence réconforte aux heures noires, quand le monde vous est odieux, et que la solitude vous effraie... Il ne dit pas de mots fastidieux, n'a pas de gestes brusques qui font mal, comme s'ils vous heurtaient l'âme.

On peut le traiter familièrement, sans qu'il s'imagine « des choses »... ; il est un peu comme le pain sur une table copieusement servie ; il ne compte pas et pourtant on ne saurait s'en passer.

.·.

C'est l'ami, auquel on dit sans coquetterie : « Ragrafez-moi ma robe, elle bâille dans le dos... » — « Tournez-vous, il faut que je raccommode ma jarretelle... » Ou bien encore : « Je me suis arraché deux cheveux blancs. » On lui fait même, sans aucune gêne, d'autres confidences. Si l'on apprenait qu'il a une liaison sérieuse, on s'écrierait volontiers : « Lui ? Allons donc ! C'est impossible ! » Pour un peu, on ajouterait, naïvement : « Il ne me ferait pas ça. »

De par la loi tyrannique de notre égoïsme, il est notre « patito », il fait partie de notre « domestique », comme on disait au grand siècle, sans autre profit que celui de nous voir souvent.

Au fond, nous savons très bien qu'il est secrètement amoureux de nous..., mais nous n'avons pas l'air de le remarquer : cela troublerait, ou plutôt compliquerait notre vie. Dès que nous redoutons l'aveu, nous parlons de sympathie, de bonne amitié, de fraternel dévouement..., seuls sentiments que nous soyons capables d'éprouver, les meilleurs, les plus durables... On s'éloigne et on le retient. Il ne faut pas qu'il s'en aille. Grand Dieu ! que deviendrions-nous, quand nous souffrons pour un autre, — ou que nous attendons l'autre ?

.·.

Mais, avec quelle simplicité naturelle, d'un mot affectueusement féroce, on le renvoie, comme on renvoie à la niche le bon chien frétillant dont la compagnie a distrait notre attente, autant qu'elle nous fatigue, lorsqu'il est là...

Au hasard d'un caprice, quand nous n'obéissons plus qu'à nos nerfs inquiets, nous pouvons le prier de nous accompagner n'importe où, dans les églises ou les musées, à travers la campagne magnifique ou désolée.. Ah ! on sait bien que celui-là ne ronchonnera pas. Peu lui importe que l'auto aille vite ou lentement, que le train soit bondé ou désert, et qu'el'on rencontre, ou que l'on ne rencontre pas d'auberge où l'on pourra boire et manger... Il est heureux d'être à nos côtés, et cette seule joie compense tous les petits désagréments de la route.

Lorsqu'il atteint quarante-cinq ans, on ne lui donne plus d'âge... Il a le dos légèrement voûté, comme s'il se courbait avec résignation devant la fatalité qui, chaque jour, lui enlève une illusion... Il ne croit plus à grand'chose, et... il est encore prêt à croire à tout. Peut-être au fond (sait-on jamais?) éprouve-t-il quelque rancœur de n'être rien, rien qu'un brave homme, pas bête pourtant, alors que tant de crétins « arrivent » à force de bluff et de muflerie.

..

Sa mise est soignée, mais avec un je ne sais quoi de désuet : c'est que, maintenant, son tailleur l'habille avec les étoffes dont il veut se débarrasser... et que son

*Mon chien, mon pauvre petit Rafles si fidèle..... (p. 47).*

chemisier lui réserve « ses rossignols ».

Son valet de chambre ou sa femme de ménage, suivant sa fortune, se sont petit à petit habitués à le gruger sans vergogne. S'il s'en aperçoit, il ne dit rien. Il n'ose pas.

Il prend insensiblement des allures de vieux garçon et il s'ensuit que les « camaraderies » féminines — les femmes de son âge ont toujours trente ans — se font plus rares... S'il est agréable à une femme de régner sur un homme jeune et plaisant, elle ne tient que médiocrement à avoir pour sigisbée un monsieur falot, « démodé », sans prestige.

Il arrive quelquefois qu'il finit par épouser sa bonne...

Ou bien encore, dans sa province où il est allé passer un mois, histoire de se « retremper », il rencontre la délicieuse jeune fille bien élevée, si « reposante » après la Parisienne coquette et complexe. Sa petite âme est blanche et fraîche. Elle a des yeux doux et étonnés, qui ignorent tous les artifices de la séduction. Elle trottine à travers la maison, veillant elle-même à ce que tout soit en ordre. Les pendules marquent l'heure exacte, et il y a des fleurs nouvelles dans les vases. Le couvert est net et appétissant.

« C'est elle seule qui s'occupe de tout », affirme la mère.

Alors, s'il lui reste quelque fortune, comme elle a toujours rêver d'habiter Paris, il l'épouse...

Et elle le trompe.

## XXII

*Franchise.*

— Moi, je suis franche, je hais les flatteurs, les gens qui ont le perpétuel sourire, qui ne débitent que des amabilités, qui trouvent bien tout ce que l'on fait, tout ce que l'on dit. On proclamerait devant eux que le soleil s'habille en vert pomme, pour aller se coucher, qu'ils répondraient :

« C'est juste. » Et s'ils vous voyaient coiffée d'une bassine à confitures, ils seraient capables de s'écrier : « C'est charmant ! » Non, *moi*, je dis les choses comme elles sont, tant pis si elles froissent, mais je ne sais pas taire ma façon de penser.

La franchise n'est pas la seule qualité de Louison. Louison se vante d'être également psychologue, observatrice, devineresse...

Au moment où l'on s'y attend le moins, elle plante droit son regard noir dans le vôtre, son petit menton pointu s'allonge, son front se barre d'une ride profonde et, sans plus tergiverser, elle déclare :

— Vous me cachez quelque chose ; ne niez pas...

Ou bien :

— Vous ne me dites pas la vérité, avouez ?...

Ah ! n'essayez pas de protester, de la convaincre que votre esprit n'est pas si artificieux ! Car alors, Louison amenuiserait son gentil museau, agiterait sa main avec le geste favori de Guignol, et vous tancerait d'un : « *Moi*, on ne me trompe pas, rien ne m'échappe. Ah ! mais non !... » qui vous laisserait plus déconcerté qu'un menteur pris en flagrant délit...

Bien que Louison tienne ici-bas une toute petite place, Louison s'imagine que le monde entier a les yeux braqués sur elle, — des yeux malveillants, bien entendu. Dans les faits les plus futiles, elle discerne la malignité du sort qui s'acharne.

Égare-t-elle — elle est un brin étourdie — sac, parapluie, manchon ou objet quelconque, que, triomphante, elle s'écrie :

— Hein ! que vous disais-je ? En ai-je une guigne noire ! je perds toutes mes affaires.

Et vite, elle ajoute :

— On me les vole.

Sachez pourtant que Louison est loyale, incapable d'une méchanceté consciente. Elle ignore la ruse, elle est serviable, pleine de bonne volonté, délicatement prévenante envers ceux qu'elle aime. C'est elle seule qui songea, lorsque j'étais malade et que les sucreries écœurantes s'entassaient sur ma table, à m'apporter les beaux fruits, frais et juteux, si bienfaisants aux lèvres fiévreuses. Mais c'est elle aussi qui me dit franchement, lorsque j'esquissai mes premiers pas de convalescente :

— Prenez garde, soyez prudente, il en reste toujours quelque chose, de ces maladies-là ; on peut demeurer infirme...

Et lorsque, penchée devant le miroir, j'examinais anxieusement mon visage aux traits tirés, en pensant, pour me consoler : « Ça ne me va pas si mal, ce teint pâle », la voix implacable de Louison s'éleva :

— Ne vous désolez pas, ça reviendra ; il faut vous faire une raison, vous pensez bien qu'un tel à-coup ne va pas sans laisser quelques traces ; vous avez encore de la chance de vous en tirer ainsi ; ah ! si c'était moi, avec ma déveine !...

Louison m'aime sincèrement, j'en suis sûre, mais Louison a contre moi deux grands griefs ; j'ai deux défauts qui lui sont un cauchemar.

Elle me reproche d'être aimable et d'avoir confiance « aux gens » !.

Ah ! le ton de Louison lorsqu'elle dit :

— Vous leur en faites des bonnes grâces à ceux-là ! et des compliments, et des mamours !... Je ne pourrais jamais faire ça, *moi !*

— ...

— Évidemment, vous n'avez pas de raison de leur dire des choses désobligeantes, mais alors on ne dit rien.

— ...

— Ah ! voilà le grand mot ! Ils ont été charmants avec vous ! Et ils vous sont sympathiques ? Alors vous croyez à la sincérité du monde, vous ? C'est bon, vous verrez...

Le nombre de choses que je dois « voir », si les prophéties de Louison se réalisent, est inouï.

Louison ne conçoit pas non plus que souvent je défende, même sans les con-

naître, ceux que l'on attaque. Elle voit là « une attitude », une autre manifestation de mon vice : *l'amabilité.*

Et elle fulmine :

— Si vous croyez qu'ils vous défendraient, eux !... Ah ! bien, si vous saviez... ! » Des réticences, un silence, des yeux « qui en disent long », tandis que les lèvres se scellent, me laissent entendre que j'ai une horde d'ennemis acharnés à me vilipender...

J'en ris... après... mais au moment, j'ai beau m'en défendre, cela me cause un malaise, m'irrite, m'attriste. Que leur ai-je fait, à ces gens ? Pourquoi sont-ils mauvais ?

Oui... je sais... Louison m'est dévouée, c'est pour cela qu'elle me prévient... ; mais c'est égal, malgré moi, j'en veux un peu à sa clairvoyance qui me ravit tant d'heures de tranquillité.

Si je forme un projet, si je dois entreprendre quelque démarche, Louison, vigilante, attentive à m'éviter une déception, tempère doucement mon ardeur. Ses paroles tombent, une à une, sur mes résolutions qu'elles ébranlent à mesure, comme la pluie, goutte à goutte, finit par raviner le sol le moins friable.

Dans un murmure diffus, je n'entends plus que ce lancinant, ce dissolvant :

— À quoi bon ?... vous ne réussirez pas... ; on vous promettera... oui... mais *moi,* je sais ce que valent les promesses...

Et, lorsque Louison se tait, ma flamme qu'elle a rendue vacillante serait tout près de s'éteindre, si je ne *voulais* ma volonté très forte.

Ah ! Louison ! de grâce ne dites plus rien, ne m'accablez pas de votre franchise, de votre sollicitude, de votre dévouement maladroits, ils finiraient par empoisonner toutes mes joies, détruiraient toutes mes illusions... J'en ai encore, oui ; si naïve, si sotte que je vous puisse paraître, je l'avoue. Pourquoi persistez-vous à m'apprendre ce que je me plais à ignorer ? La fourberie, la malveillance, la lâcheté? Comprenez donc qu'il m'est autrement doux de croire à la bonne foi des êtres, à la sincérité de leurs élans, que de vivre dans cette perpétuelle méfiance, qui donne un goût de fiel à tout ce qui rend moins sec et moins triste le commerce des humains : les sourires accueillants, les mots qui font du bien, les mensonges, oui, les bons mensonges charitables et réconfortants. Oh! je vous en prie, Louison, ne gâtez pas tous ces menus plaisirs de la vie.

## XXIII

*Le Printemps.*

Patatras! Un bruit de chaudron qui dégringole, d'eau qui gicle, un léger cri de femme suivi d'un rire étouffé, la chatte qui, les yeux fulminants, le dos en arête, la queue en panache, bondit jusqu'à moi, me coupent net le petit brin d' « idée » que je croyais tenir.

Depuis ce matin, j'ai la tête en capilotade à force de me creuser la cervelle pour trouver un « sujet ». Déjà j'ai couvert, d'une belle écriture soigneusement appliquée, dix feuillets qui gisent en boule sous la table. Ah! la belle écriture, aux pleins majestueux, et si lisible! Quel dommage de perdre ça!... Malheureusement, quand je commence à écrire ainsi, je puis être tranquille... C'en est fait de l'inspiration. On dirait que ma plume et moi, dès que nous commençons à faire des manières, nous ne pouvons plus échanger que des propos de salon guindé.

Hargneuse, je me lève et vais à la cuisine m'enquérir du drame.

Calme, souriante, ma cameriste grimpe de biais à l'échelle, en tenant à deux mains la bassine qui, sans doute, a chu tout à l'heure.

Le sol est inondé; le fourneau qui chauffe seul l'appartement, maintenant qu'on n'allume plus d'autres feux, est éteint :

on gèle. Et cette eau jaunâtre, épaisse de peinture, de potasse, qui coule partout, et dans laquelle nagent une toile à éponger, des tessons de bol, un balai, me donnent une impression de misère, de désastre... Je m'écrie, sans dissimuler mon humeur :

— Quel tintamarre! qu'arrive-t-il?

— Mais, Madame, c'est le printemps; faut bien nettoyer les murs!

C'est dit avec une compétence tranquille, et accompagnée d'un regard supérieur...

Je gage qu'en son for de Bourguignonne méticuleuse, qui méprise « les propres à rien » de la ville, ma cameriste pense : « Sont-elles *gnolles*, ces Parisiennes! Elles ne savent même pas qu'on fait la toilette des murs pour la fête des beaux jours! »

« Les jours qui rallongent! le printemps! le grand nettoyage! » Ah! que ces mots quelconques ont soudain un sens, une saveur! Une vague fulgurante de souvenirs et de visions m'éblouit si fort, que je ferme les yeux, croyant entendre :

— Viens ici, ma douce, regarde! c'est le printemps!

Je distingue une main longue et fine, qui se posait sur le calendrier, orné d'une belle image coloriée, une belle image qui me déroutait, parce qu'elle n'était jamais appropriée au temps..., puis chanter à mon oreille une voix tendre, qui m'expliquait les saisons :

— Le printemps, ma douce, c'est la plus belle de toutes, c'est l'éclosion mystérieuse de toutes, les merveilles de la nature, la naissance des fleurs et des papillons. C'est la fraîcheur, la jeunesse. C'est toi, mon Jésus!

— Alors, pourquoi pleures-tu, maman?

— Mais je ne pleure pas, petite sotte! ce n'est rien...

Et un doigt prompt écrasait la petite perle au coin de l'œil.

— Si, si, maman, tu pleures; je ne veux pas que tu pleures.

— Ecoute, mon petit enfant, je suis seulement émue, ce n'est pas pareil... Le prin temps émeut toutes les mamans qui ont des cheveux gris, et une toute petite fille de sept ans comme toi.

— Et l'été ?

— Ah ! bien, quand arrive l'été, elles n'y pensent plus...

— Et l'automne ?

— C'est... C'est toujours l'automne pour ces mamans-là... Mais va jouer dehors, ma chérie, va voir ton beau jardin. Aujourd'hui, la jacinthe que tu as plantée va fleurir.

Mon jardin ! le plus beau jardin du monde : un petit monticule large comme une serviette, et qu'isolait du parterre un rempart de galets coloriés. Pourquoi les grandes personnes qui venaient nous voir ne l'admiraient-elles pas davantage ? Il était pourtant bien en vue, au pied du vieux mur friable, en plein soleil... Ça ne remarque donc jamais ce qui est joli, les grandes personnes ? N'était-elle pas superbe, ma jacinthe mauve ? et mon pied de primevères ? et ma mignonne touffe de bannette d'argent ? Sur la plus haute branche du rosier voisin, j'avais accroché un écriteau : « Défense aux oiseaux et aux escargots de manger mes fleurs. »

Au printemps, je m'en souviens, Félicie, notre servante, lavait à grande eau les murs blanchis à la chaux de la cuisine ; et sur l'extérieur de la maison, aussi haut qu'elle

*Et quand la blancheur du linge étendu... (p. 53).*

pouvait, elle lançait de grands seaux qui éclaboussaient tout, à la régalade. Et puis, on faisait toutes sortes de travaux amusants : la grande lessive ! Et quand la blancheur du linge étendu se mêlait à la neige rosée des arbres en fleurs, c'était si beau que ça n'avait plus l'air d'être vrai !

Une folle envie me prend de clapoter dans l'eau comme autrefois, de pétrir de la terre, de planter des fleurs dans des pots, à défaut de jardin.

Ah ! au diable la copie ! Qu'importe qu'il faille « livrer l'ouvrage » à jour ou heure fixe !

— Attendez ! attendez, Félicie ! Je vais vous aider ; on va nettoyer partout, partout. Jetez beaucoup d'eau, donnez-moi un tablier, une brosse... Et après, vous irez au marché de la Madeleine acheter des fleurs : des jacinthes, des primevères, de la bannette d'argent, et puis de la terre ! un grand panier de terre ; et on garnira toutes les fenêtres de l'appartement.

— Mais je ferai ça, moi ; Madame va se salir !

— Non, non, non, Félicie, je veux frotter, laver, jardiner !

— Ah ! Madame qui m'appelle Félicie !... Je ne m'appelle pas Félicie !

— Ça ne fait rien, ça ne fait rien ; aujourd'hui, je veux vous appeler Félicie, toute la journée.

Ma Félicie d'occasion descend lentement de l'échelle sans me quitter des yeux, et je lis clairement dans les siens : « Cette fois, ça y est : ma patronne est complètement folle. »

## XXIV

*Les déshéritées.*

La dame est entrée d'un pas menu, hésitant, le pas d'une « honnête femme » franchissant, pour la première fois, le seuil d'une garçonnière. Elle n'ose pas me regarder, ni inspecter mon logis. Je devine que tout flotte devant ses yeux ; elle ne sait plus trop où elle est, et peut-être la tache bruyante de ma grande robe rouge lui donne-t-elle l'impression que c'est chez le diable.

Faute de mieux, je balbutie sans conviction :

— Soyez la bienvenue, madame, votre lettre m'a vivement intéressée... Vous me dites que vous avez une confession à me faire : un sujet de « confidences de femmes »...

Elle murmure :

— Je n'ose plus...

— Pourquoi ? Est-ce que je ne vous inspire pas confiance ?

— Non... non, ce n'est pas ça...

Pour la première fois, nos regards se croisent. Les yeux de la dame sont bleus et soumis ; elle a un visage étroit, encadré de cheveux blonds argentés ; le dessin de la bouche est charmant, les ailes du nez fin battent légèrement. Elle est longue et souple, dans un rigide costume tailleur gris, mais il faut la détailler, comme je la détaille, pour lui découvrir quelque grâce. A première vue, elle est incolore de visage et de tournure.

Elle reprend :

— J'eusse mieux fait de vous écrire anonymement... Ce qui de loin ne m'effrayait pas trop, me semble si difficile à dire maintenant que je suis là...

— Mais non, mais non, remettez-vous... ; vous verrez, ça ira tout seul... D'ailleurs vous garderez l'anonymat. Je ne veux pas savoir qui vous êtes... Pour moi, vous demeurerez la Mme L. T. V. de la poste restante.

— Ah ! la poste restante ! Rien que cela, vous n'imaginez pas quelle impression j'ai ressentie en y allant chercher votre réponse. C'était le premier mystère de ma vie, l'unique roman... Il me semblait que tous les yeux étaient braqués sur moi, que les gens ricanaient... Quand l'employé m'a jeté votre lettre en déclarant d'un ton bourru : « Il n'y a que ça », j'ai éprouvé le besoin de protester : « Mais je n'en attends pas d'autre. » Et je suis partie en courbant le front, comme une coupable. Cela vous fait rire, n'est-ce pas ? Vous allez vous moquer de moi...

— Voyons ! pouvez-vous croire ?... Continuez, je vous en prie...

— Il faut ?

— Oui, il faut.

La dame a semblé faire un gros effort, comme une somnambule qui se réveille de tous les membres et, soudain, d'une voix raffermie, elle s'est écriée :

— Eh bien, soit. Si vous me tenez pour une folle, tant pis, mais, voyez-vous, j'ai un besoin, un intense besoin de crier une fois, une seule fois, tout ce qu'il peut y avoir d'amertume, de regrets exacerbés dans le cœur d'une créature placide, effacée comme moi, et comme tant d'autres, près desquelles vous passez sans un regard de pitié, sans un geste de compassion. Puisque vous faites métier d'analyser les âmes, je veux vous livrer nue la mienne, qui est celle d'une honnête femme...

　 •
　•　•

— J'ai quarante ans et me voilà flétrie, finie, à l'âge où d'autres femmes commencent une seconde jeunesse. Je me suis mariée dix-huit ans. Ai-je besoin de vous dire que mon éducation, telle qu'on l'entend dans la bourgeoisie cossue et bien pensante, fut parfaite ? Avant mon mariage, je n'avais jamais souri à un garçon. « Cela ne se fait pas », m'avait-on sévèrement enseigné. Mariée, j'ai vécu en fonction de mon mari : jamais, ouvertement, je n'eus une pensée qui ne fût le reflet des siennes. J'ignorai toujours la coquetterie, non d'instinct, mais par préjugé, tant j'avais entendu ressasser autour de moi, à propos de toutes les modes nouvelles : « Ce n'est pas comme il faut ! » Les modes, dans notre monde, ne deviennent « comme il faut » que lorsqu'elles sont passées. Il serait superflu d'ajouter que je n'ai jamais flirté, jamais trompé mon mari ; les hommes qui viennent chez moi y viennent pour mon mari ; je ne compte pas ; ils seraient bien en peine, j'en suis sûre, de dire la couleur de mes yeux. Après s'être poliment informés de ma santé, ils ne se soucient plus de ma falote personne, ils me croient stupide probablement.

« Mon mari, lui, est ce qu'on appelle un « bon mari » ; jamais envers moi, il ne s'est départi d'une aimable courtoisie d'homme bien élevé. Mais jamais non plus il ne se douta que je l'ai aimé, non seulement de tout mon cœur, mais de toute la force de mes sens, de toute ma chair mâtée... Oui, mâtée au point d'en dépérir, d'en dessécher..., parce que... parce que ses froids « devoirs », sa « correction » dans l'intimité semblaient m'enjoindre : « Halte-là ! Sache que dans notre monde, le mari « respecte » sa femme. Ce que tu m'offres et ce que tu me demandes est l'apanage des maîtresses ; la passion n'a rien à voir, dans les mariages comme le nôtre. »

« Ah ! si vous soupçonniez la détresse d'un corps aimant, dédaigné... J'aurais pu être une femme désirable pourtant... Je n'étais pas laide, ni mal tournée... mais la beauté, ce doit être un peu l'amour qui la crée ; elle est faite bien souvent d'un indéfinissable rien qui est essentiel, et qui manque... Non, non, ne protestez pas, je sais...

« Tout ce qui peut passer par la cervelle d'une honnête femme !... Un jour de solitude exaspérée, j'imaginai que j'avais un amant, et je voulus me parer pour lui : j'allai acheter une fine chemise, le pantalon le plus endentellé que je trouvai, des bas de soie... Et rentrée chez moi, je mis la chemise, le pantalon, les bas, je poudrerizai mon visage, je dénouai mes cheveux : ils sont longs, ils me tombent aux genoux ; et tout l'après-midi, je suis restée ainsi, enfermée dans ma chambre, hésitant à me reconnaître, et jalousant presque cette grande femme aux jambes nerveuses, jolie en vérité, dont le miroir me renvoyait l'image. Elle avait une peau douce, nacrée, transparente, qui devait agacer les lèvres. Non, sûrement, un homme n'eût pu la voir ainsi sans la désirer. Je ne pouvais croire que c'était moi... Et lorsque j'en fus bien convaincue, je fondis en larmes, répétant désespérément : « A quoi bon... A quoi bon... » Ah ! oui, oui, j'ai rêvé d'avoir un amant pour de vrai, ce jour-là... »

Je risque :

— Ne regrettez pas trop l'amant... il est probable qu'il vous eût apporté d'autres douleurs... votre foyer détruit, qui sait ?... Et si vous aimez votre mari...

— Mon mari ! Mais au moins j'aurais existé pour lui, si je l'avais trahi ? Qu'ai-je été dans sa vie ? Rien ; l'intendante humble et zélée qui, soigneusement, tient sa maison. Si je l'avais trahi, il m'eût remarquée, il se fût aperçu que j'étais une femme comme les autres, capable d'aimer, et d'inspirer l'amour. Par principe, il m'eût chassée (ça se fait ainsi dans notre monde), mais il se fût souvenu de moi, et peut-être à partir de ce moment-là m'eût-il aimée.

« Nous avons un ami, dont la femme s'est enfuie avec un amant. Lorsqu'il dit d'elle : « Ah ! la misérable, m'a-t-elle fait assez souffrir ! Mais c'est bien fini, je ne la regrette plus », si vous saviez comme on les sent lourds d'amour, ces mots-là ; il ne la regrette plus, proclame-t-il, mais il ne parle que d'elle ; son cœur, son cerveau sont remplis de son souvenir.

« Une fois, il nous racontait combien il en avait été jaloux : « Concevez-vous, demandait-il naïvement à mon mari, cet intolérable tourment de se demander : « Ma femme, où

*... Dont le miroir me renvoyait l'image (p. 55).*

est-elle, à cette heure ? » et d'avoir soudain l'esprit traversé d'une effroyable vision : « elle est chez son amant ! »

« Oh ! si vous aviez vu le regard d'humiliante confiance, dont mon mari m'a enveloppée, en répondant : « Ma foi non ! »

La dame s'est tue. J'ai tenté de la consoler, en l'assurant que tout ce qu'elle avait souhaité n'était qu'un mirage trompeur, qu'elle avait encore la meilleure part : une existence exempte de grands drames, un foyer, le bien-être... J'ai enchaîné des mots sans magie, mais je n'avais pas la foi... et j'ai bien peur de ne l'avoir pas convaincue...

## XXV

*Celles qu'on n'épouse pas...*

*« Vous souvenez-vous encore de Lucienne, Madame ? Vous savez bien, Lucienne, la fille du père Crétot. La petite institutrice de Luchy... Après douze ans ! elle ne vous a jamais oubliée... Comme je serais heureuse de vous revoir !*

*« Je profite des vacances pour m'offrir un beau voyage à Paris. Paris ! J'y resterai six jours, et si vous voulez bien me répondre, je viendrai vous voir. Quelle joie !... »*

Si je me souviens de Lucienne ? Ah ! je crois bien ! L'étrange petite fille, et jolie avec ça ; des yeux bruns allongés à la chinoise, tout rayonnants du bonheur de vivre, des cheveux noirs, un peu rudes, une tignasse de sauvagesse, qui allait bien avec sa bouche de grenade, dans un visage presque trop pâle. Par quel miracle, cette fillette claire, rieuse, délicate d'esprit et de corps, était-elle la fille du père Crétot, le vieux jardinier bigle et borné, et de la Rouquine, chaisière à l'église Saint-Paul ?

Si encore la Rouquine eût été belle, la chose à la rigueur se fût expliquée ; mais la Rouquine avait un teint couleur de terre, une bouche qui lui faisait le tour de la tête, et, comme l'indiquait son surnom, des cheveux qui « un fagot de plus eussent été brûlés ».

Le père Crétot et la Rouquine eux-mêmes n'y comprenaient rien et, à mesure que l'enfant grandissait, ils la contemplaient avec une admiration ahurie.

— C'est point Dieu possible, s'extasiait la mère, qu'une petite princesse comme ça soye not'bien ! C'est quasi un dépôt, que la bonne sainte Vierge nous a confié : aussi on se privera tant qui faudra, mais j'en ferons une demoiselle...

Et voilà comment Lucienne alla à l'école, n'abîma jamais ses doigts fuselés aux soins du ménage, porta des robes achetées à la ville, et des chapeaux, ma foi, aussi beaux que ceux de la fille de l'aubergiste.

Un soir, en rentrant de classe, elle annonça aux siens, comme une chose toute naturelle :

— Je continuerai mes études pour être institutrice.

La mère en laissa choir la cuiller à pot dans la marmite, et le père Crétot qui buvait une bolée de cidre, l'avala tout de travers. Hein ? quoi ? ils seraient père et mère d'une maîtresse d'école, eux ! Mais ça tenait du sortilège !

Jusqu'au jour où Lucienne passa ses examens et fut nommée institutrice à Luchy, un tout petit village à cinq lieues d'ici, ils crurent rêver. A présent, la prestigieuse réalité leur dérangeait la cervelle. La Rouquine parlait toute seule, à haute voix, dans l'église ; le père Crétot taillait au hasard les haies de sureau confiées à ses soins, de même que dans les jardins il arrachait les fleurs et respectait la mauvaise herbe.

Vraiment, elle était charmante, cette petite Lucienne, pétulante, confiante en l'avenir, et si ingénûment exaltée ! Je crois l'entendre encore me confier ses espérances. D'abord elle ne s'éterniserait pas en province. Ah ! mais non... elle tâcherait d'être nommée à Paris, parce qu'à Paris on peut faire de grandes choses. Elle ne savait pas lesquelles, mais qu'importe ! Et puis, elle épouserait volontiers un homme sans fortune, à la condition qu'il eût de l'esprit, une situation libérale... Ah ! ça, elle y tenait absolument... Au physique, il serait grand, bien découplé : elle n'aimait pas les hommes trop minces : un homme doit représenter la force. Ses cheveux seraient bruns, et sa moustache un peu rousse, comme... comme celle de M. Paluet, l'agent-voyer... S'il la demandait en mariage, celui-là, elle dirait oui, sûrement.

Elle poursuivait .

— Je ne ferai jamais qu'un mariage d'amour, moi... Et celui que j'aimerai, je le chérirai tellement, tellement, qu'il m'aimera toujours... Vous comprenez, l'Amour ne voudra pas me faire de peine : il me récompensera d'avoir été amoureuse de lui, avant de l'être d'un joli garçon...

**

Oui, voilà tantôt douze ans, que je n'ai plus entendu parler de Lucienne. Et je tiens sa lettre dans mes mains, précieusement, comme si je tenais une poignée de souvenirs en duvet, craignant qu'ils ne s'envolent au moindre souffle. Ah ! oui, je veux la revoir. J'écris vite : « Accourez », et je trace l'adresse : Lucienne Crétot... Crétot ? Elle n'est donc pas mariée ? et comment ! elle est toujours à Luchy ?

**

Toute ratatinée, le visage fripé, les beaux yeux de jadis devenus vitreux, éclairés seulement, de temps à autre, d'une petite flamme qui brille comme une braise pas tout à fait morte dans les cendres qu'on remue, Lucienne est là, devant moi, et c'est en vain que je cherche à reconnaître dans cette vieille fille, l'enfant lumineuse d'autrefois... Elle m'a déjà raconté la mort de ses vieux... Elle est toute seule maintenant, jamais elle n'a pu obtenir d'avancement ; on l'a oubliée au fond de son village perdu...

C'est moi qui l'oblige à parler d'elle ;

discrète, elle éludait mes questions : « Mais non, ce n'est pas gai... Je ne veux pas vous assombrir. » Elle entrecoupe son récit douloureux de remarques plaisantes qui sentent l'effort, et son sourire résigné fait mal.

— Vous ne m'eussiez pas reconnue, n'est-ce pas, si j'étais arrivée à l'improviste ?...

— Mais si, Lucienne, vous êtes toujours la même.

— Oh! pas de mensonges charitables! Allez, je sais, ma jeunesse s'est lassée d'être inutile : elle est partie.

— A trente ans! ne dites pas cela...

— Les jours, les mois, les années comptent doubles, quand on est seule... J'ai le double de mon âge...

Je bredouille de vaines protestations, dont elle n'est pas plus dupe que moi, puis :

— Vous ne vous êtes donc pas mariée ?

Elle éclate d'un rire nerveux :

— Ah! oui... mes illusions d'antan. Quand j'ignorais la misère, d'être une pauvre institutrice solitaire. Mariée avec qui? Qui donc soupçonne seulement que j'existe?... Que j'ai existé, plutôt, qu'il y eût quelque part dans un trou une créature jeune, fraîche, saine, faite pour l'amour? Personne, personne, je vous dis.

— Enfin, jolie comme vous êtes, — j'allais dire : « comme vous étiez » — il me paraît impossible qu'un homme ne vous ait pas remarquée...

— Ah! bien sûr, un fermier, un cantonnier, le facteur... ce qu'il y avait de mieux dans le « patelin »... Ils ont d'ailleurs fini par me prendre en grippe... Dame, ces hommes ont leur amour-propre, ils n'ont pas admis que je les tienne à distance. « Quelle poseuse! Avec ses quatre-vingt-dix francs par mois, dirait-on pas qu'elle veut épouser un marquis... »

Elle se tait un instant et reprend, la voix plus âpre :

— Nous vivons, ou plutôt nous faisons semblant de vivre, en marge de l'existence commune, nous autres; nous ne devrions avoir ni jeunesse, ni beauté, ni cœur, ni sens; car il n'y a pas de maris pour nous. Notre instruction nous détache de notre humble milieu; nous ne pouvons plus épouser un ouvrier et, dans les villages où nous échouons, il n'y a que des rustres... ou alors... ou alors, c'est le châtelain, ses hôtes, qui daignent parfois nous découvrir, et leur caprice dure une saison... Il y a aussi le député ou le conseiller d'arrondissement qui, en passant, s'amusent à nous tourner la tête, et nous grisent de promesses, oubliées plus vite encore que celles qu'ils font à leurs électeurs. Il y a encore « Monsieur l'inspecteur », qui nous fait l'honneur de « nous distinguer » quand nous sommes jolies, et si nous ne répondons pas à ses avances, si nous ne « marchons pas », notre affaire est claire : nous ne serons pas comprises dans le « mouvement »... Résultat : en dix ans, voilà ce qu'on fait de nous, des « mortes dans la vie », comme dit Haraucourt. On parle du cloître! Mais, au moins, là, les femmes vivent en commun, avec leurs pareilles; elles ont d'autres joies, mais elles ont de la joie! Elles ne quittent ce monde que pour en retrouver un autre. Si pénible qu'il soit, leur sacrifice est volontaire, et il leur vaut, à certaines heures, de sublimes compensations. A nous autres, le ciel est refusé comme la terre... Ah! qui dira la misère, et la solitude, et la détresse des nonnes laïques?

J'écoute Lucienne en détournant les yeux sans rien trouver à lui dire...

## XXVI

*Vieilles filles.*

Les demoiselles Vicaire habitaient sur la place de la Mairie, juste en face de l'auberge du Cheval blanc, une maison longue, basse et grise qui, avec ses rideaux de percaline blanche soigneusement clos, ressemblait à un presbytère.

Les demoiselles Vicaire n'avaient pas d'âge, et parfois, on eût dit qu'elles n'avaient pas non plus de visage; l'aînée surtout, prénommée Ismérie. Le ton grisaille de sa robe, de ses yeux, de ses cheveux, de son fichu de laine, dont elle ramenait une pointe sur la tête, se fondait si bien avec le gris jaune de sa peau, que seul l'ensemble demeurait au souvenir. La cadette, Célinie, était de la même couleur, mais lorsque ses petits yeux fixaient un point où l'on ne distinguait rien, leur expression devenait presque jolie.

Depuis la mort de leurs parents, il y avait bien quinze ans de cela, Ismérie s'était instituée chef de famille. Le verbe haut, le geste impérieux, c'était elle qui décidait, ordonnait, et bien que la différence d'âge entre elle et sa sœur ne fût guère sensible, elle traitait celle-ci en fillette qui avait encore grand besoin d'être dirigée. Si un régiment passait, si des buveurs bruyants s'attroupaient devant l'auberge, si un chien lutinait une chienne sur la place, vite, Ismérie rappelait à l'ordre Célinie, toujours prête à risquer un œil par le coin du rideau.

— Ne regarde donc pas ça ! Il n'y a que les effrontées qui se mettent aux fenêtres.

Et docilement, comme une petite fille obéissante, Célinie détournait la tête.

Bien qu'ayant seulement de toutes petites rentes, outre la maison dont elles jouissaient, les demoiselles Vicaire comptaient parmi les notabilités de la petite ville; avec la veuve du notaire, et la femme du docteur, elles en représentaient même l'élite intellectuelle. Songez! en compte commun, les quatre dames étaient abonnées à un grand journal politique, littéraire, mondain et bien pensant, naturellement, de Paris.

Comme de juste, l'ex-notairesse qui payait deux francs de plus par an, lisait le journal la première; après quoi, elle le passait à la femme du docteur, laquelle, s'en étant délectée, le tenait à la disposition des demoiselles Vicaire qui, en compensation de l'attente, pouvaient le garder en toute propriété.

L'un des principaux attraits du journal, pour ces dames, était, chaque lundi, la chronique de la mode, rédigée par Hermance d'Ambreville, un nom qui les impressionnait. Ah! qu'elles prisaient donc ses conseils, à cette Hermance d'Ambreville, si parfaitement renseignée sur toutes les petites questions qui intéressent les femmes. Et comme, avec elle, elles se sentaient en complète communion de principes! Il fallait voir de quelle plume sévère elle tançait les modes excentriques, avec quelle virulence elle s'était insurgée contre ces horreurs de jupes collantes et fendues! « Oui, avait-elle proclamé, c'est une honte de penser que des femmes *comme il faut* ne se révoltent pas devant ces ajustements qui, en marquant la décadence de nos mœurs, sont une véritable offense à la pudeur. »

Comment, dans leur touchante candeur, ces dames auraient-elles pu soupçonner que le journalisme mercantile transforme le signataire d'un article en une espèce de caméléon dont les nuances varient au gré des feuilles ?...

En même temps qu'elle était Hermance d'Ambreville, dans un grave journal, la chroniqueuse de mode paraphait d'un pimpant *Frimoussette*, les fanfreluches qu'elle décrivait dans le plus boulevardier de nos grands journaux. « Vive la mode nouvelle! s'écriait-elle ici, et ce, dans le fameux style consacré... Vive la mode exquise, qui nous silhouette de si délicieuse manière! Enfin! nous les montrons nos jolies jambes gaînées de soie, nous les montrons par la haute fente, si drôlement aguicheuse... si troublante... de la jupe. Et cet attrait de plus ajouté à notre séduction, nous le devons au délicat artiste, au grand maître ès couture, à l'incomparable, au génial (ici, un nom de couturier). »

Au demeurant, Frimoussette n'était pas plus sincère qu'Hermance d'Ambreville ; en réalité, de la mode et de ses caprices, elle se fichait... Si elle en discourait avec tant d'éloquence, c'était pour boucler son budget de femme de lettres, dont le nom (le vrai) était estimé par ailleurs, mais que la littérature, hélas ! ne suffisait pas à nourrir.

.·.

Depuis longtemps, la *Petite Correspondance de la mode* rendait Célinie songeuse... Voilà, elle brûlait d'envie d'y lire un jour, une réponse à elle adressée, sous un de ces noms si gracieux... Elle hésitait entre Pervenche ou Reine des Prés, ou... mais à force de ruminer, une idée soudain lui traversa l'esprit... et son cœur se mit à battre à grands coups ; ses jambes fléchirent, au point qu'elle dut s'asseoir, une bouffée de chaleur empourpra ses joues... Si elle signait... oh ! oui, si elle signait : « Une fiancée » et qu'elle demandât, par exemple, quelle robe devait porter une mariée, demoiselle de trente-huit ans ?...

Deux jours durant, elle fut si terriblement hantée par cette obsession, que le troisième, elle n'eut pas la force de résister. Elle écrivit, et, usant de ruse pour ne pas être vue, elle courut jeter sa lettre à la boîte.

Quinze jours après, en ouvrant... ah ! mon Dieu ! j'allais nommer le journal... elle eut un éblouissement ! Là, en lettres phosphorescentes, lui semblait-il, elle lut : « *Une fiancée*. — Choisissez une charmeuse qu'ensuite vous pourrez faire teindre : jupe unie, traîne demi-longue, corsage blousé légèrement, avec, à la ceinture, bouquet de fleurs d'oranger entr'ouvertes. »

Et, dans l'esprit de Célinie, il se passa ceci d'extraordinaire, c'est que soudain elle se crut fiancée pour de vrai... Au déjeuner, sa sœur la vit métamorphosée, ses yeux brillaient, ses lèvres étaient humides ; elle jacassait, riait à tort et à travers, et puis, tout d'un coup, elle faillit se trouver mal.

Après lui avoir fait respirer du vinaigre, Ismérie lui déclara :

— C'est le printemps, il faut te purger.

Et pour la première fois, Célinie contempla sa sœur avec un peu de pitié...

.·.

Un mois, la demi-vieille fille émerveillée vécut son rêve enchanté, et puis elle retomba dans une vague mélancolie ; alors, de nouveau, elle écrivit. Elle écrivit, chaque fois qu'elle ressentait un besoin de fortifier ses illusions ; tour à tour, de mois en mois, elle fut : « *Une jeune mariée*, demandant quelle robe porter, pour le voyage de noces ; *Une épouse coquette*, désireuse d'être renseignée sur la toilette à choisir pour les visites ; et encore, *Une nouvelle mariée*, indécise sur le cadeau à faire à son mari, à l'occasion de sa fête. »

Régulièrement, les réponses lui parvenaient ; Hermance d'Ambreville savait que les abonnés d'un journal bien pensant, les autres aussi..., sont sacrés et qu'il ne faut pas les mécontenter.

Et... pendant qu'elle y était, Célinie voulut que son union fût bénie par le ciel... Un jour, en rougissant jusqu'aux oreilles, elle écrivit : « Quelle robe d'intérieur doit porter *Une future jeune maman* ? »

Or, à ce moment, Hermance d'Ambreville — *Frimoussette* — était plongée dans la correction des épreuves de son roman, ce qui l'intéressait autrement que la mode et les questions des lectrices... Étourdiment, elle mélangea la correspondance du journal bien pensant avec le courrier du journal frivole ; justement, dans celui-là, une lectrice demandait : « S'il n'y avait pas un moyen de n'être pas tout de suite maman... » (On n'imagine pas tout ce qu'on demande aux chroniqueuses de mode.) Frimoussette griffonna hâtivement : « Mais oui, mais oui, parlez-en franchement à votre mari : il comprendra bien que l'enfant ne se porte plus avec les robes actuelles ; les femmes ont tout de même autre chose à faire dans la vie, que de faire des enfants ! »

Et... elle plaça cette réponse à l'adresse d'*Une future jeune maman*. Comme, au journal, on était sûr d'elle, on ne vérifiait pas sa copie. Cela fut donc imprimé tel quel...

Ce lundi, le journal n'était pas arrivé depuis une heure chez la notairesse, que déjà la respectable dame avait bondi chez la femme du docteur, et toutes deux étaient accourues chez les demoiselles Vicaire. Ces dames, violettes d'indignation, parlaient toutes à la fois : « C'est trop fort ! Alors, c'est ça, le changement qu'on nous annonçait ! Un conte toutes les semaines, augmentation des rubriques ! modification du format ! C'est bien simple : ce journal, jadis si bien, devient une feuille immonde ! Et cette Hermance d'Ambreville, cette créature éhontée, croyez-vous ? C'est net : tout de suite, nous allons écrire au directeur que non seulement nous ne renouvelons pas notre abonnement, mais que nous défen-

dons qu'on nous envoie cette ordure, à partir d'aujourd'hui. En attendant, brûlons celle-ci. »

Seule, Célinie se taisait. Quand les braillardes se furent dispersées, elle monta s'enfermer dans sa chambre, et, effondrée dans le voltaire de reps rouge clouté d'or, elle pleura longtemps sur son mariage brisé, sur son enfant mort, sur sa vie lamentable, sans espoir et sans but désormais...

## XXVII

**Hommes.**

C'est un très grand artiste. Ses portraits, d'une facture admirable, sont brossés sans concessions à la flatterie. Tant pis pour ceux qui ont le nez camard, un deuxième menton naissant. Tant pis pour la vieille jeune femme, blonde comme un bébé, et peinturlurée, au naturel, en rose tendre, en rouge vif, en mauve, en bleu — on dirait un bonbon fondant de l'année dernière — tant pis...

Devant les portraits de Serval, si criants de naturel, on demeure saisi ; il semble que les lèvres frémissent, que les mots vont jaillir, qu'un bras se soulève pour un geste familier. Sa gloire, voilà une huitaine d'années, fut soudaine ; beaucoup plus tôt probablement, son talent avait été remarqué,

*Frimoussette était plongée dans la correction des épreuves de son roman* (p. 60).

mais en sourdine, car pour s'imposer, il lui manquait l'art de l'intrigue; jamais il n'eût consenti à quémander un article, à faire une démarche pour qu'on parlât de lui ; quant aux bienfaits du « communiqué », il les ignora ou les dédaigna toujours.

Lorsqu'eut lieu cette première exposition, qui le mit si brillamment en lumière, Gilberte, sans le lui dire, courut les rédactions, fit insérer des notes; les critiques, prévenus, harcelés par elle, se dérangèrent et, devant la beauté des œuvres exposées, il leur fallut bien s'émouvoir et rendre hommage au génie de l'auteur.

Mais avait-elle dû se démener ! Lui qui n'admettait pas les sollicitations, qu'eût-il dit, s'il l'eût vue, attendant, résignée, durant des heures, dans les antichambres de revues, de magazines, de journaux?... Et ces reproductions de son fameux tableau, *le Béquillard*, vulgarisées depuis, par des milliers de cartes postales, répandues dans le monde entier, que de mal elle avait eu naguère pour obtenir d'un directeur de revue, qu'il publiât la photographie de la toile !... Mais qu'importait sa peine ! Elle l'aimait et l'admirait tant, son génial amant...

Gilberte est aussi « une artiste », mais on ne saurait établir de comparaison entre ces menus croquis aimables, gentils sans doute, et la belle peinture vigoureuse de Serval. Pourtant elle a de la chance, « sa manière » plaît, elle a un public, on parle d'elle, elle détient une de ces glorioles parisiennes, qui éblouissent les profanes, ses « images » se vendent, et de son succès subit elle s'étonne comme d'un miracle. Avec un plaisir enfantin, elle brandit les journaux, les coupures.

— Oh! regarde! toute une colonne de Machin! Tu sais, c'est épatant d'avoir un article de Machin...

A peine Serval daigne-t-il y jeter les yeux; puis brusquement, il devient morose, fébrile, il se plaint de la vie, de son travail qui « vient avec difficulté » : quelque jour, il tombera à bout.

On dirait qu'il éprouve un plaisir sournois à gâter sa joie.

Dépitée, elle riposte :

— Moi qui suis si heureuse lorsqu'on parle de toi... Ces articles, je les sais presque par cœur à force de les relire, et pourtant, Dieu sait si tu en as, toi, des articles...

— J'en ai... j'en ai... au moment où j'expose, après, on m'oublie... D'ailleurs je déteste ce tamtam. C'est grotesque.

— Penses-tu que l'on puisse t'oublier ! Tu es célèbre pour tout de bon, toi! Mais aux pauvres « glorioleux » comme moi, cette réclame constante est nécessaire, elle les aide à gagner leur vie ; c'est dur, tu sais, pour une femme de gagner sa vie en travaillant, de maintenir sa vedette, il faut constamment être en éveil, défendre pied à pied la malheureuse place que l'on a conquise. Ton prestige à toi est solide parce que tu as un vrai talent ; c'est comme une maison bâtie avec de bons matériaux, ça résiste, mais nous autres, nous sommes pareilles aux bâtisses de pacotille, agréables à l'œil seulement : il faut à tout bout de champ les reconsolider, et quand elles le sont d'un côté, elles fichent le camp de l'autre...

Elle s'excite, les yeux brouillés de larmes, alors il la serre dans ses bras, s'attendrit avec une exagération maladive :

— Tu as un cœur exquis, et tu as du talent, oui, vraiment, beaucoup de talent, ton succès est très mérité, je t'assure...

Il insiste trop ; elle pense :

— Il sent qu'il m'a fait de la peine, il dit ça pour me consoler...

D'autres fois, elle s'irrite en constatant qu'il n'éprouve aucune satisfaction de la voir réussir; des mots amers lui échappent. Il riposte par des reproches. A son tour, il l'accuse d'être égoïste, de se désintéresser de son travail à lui, de ne songer qu'à elle.

Aveuglée de colère, elle est sur le point de

lui crier ce qu'elle fit autrefois, ce qu'elle fait encore. Oh ! bien sûr, il n'a nul besoin d'elle, mais tout de même, comme elle est vigilante à cultiver son prestige... Et si elle le voit inquiet, découragé, ne s'arrange-t-elle pas toujours pour qu'aux heures où il doute de lui, quelque lettre de fervente et anonyme admiration vienne lui rendre la confiance...

Pourtant, elle sait retenir les mots qui pourraient le blesser trop profondément, quitte à soulager sa rage, par un feu d'artifice de reproches à côté ; elle invente des griefs stupides, humiliée au fond de soi : elle ! lui faire cette scène de sotte petite bourgeoise... Et c'est lui qui triomphe.

— Comme tu es de mauvaise foi !

. . . . . . . . . . . . . .

À son tour, elle organisa une petite exposition ; le public vint, nombreux. Un journal envoya prendre « une vue d'ensemble ». Serval était là, mais au départ, elle le chercha en vain. Le soir, ils se retrouvèrent ; il avait son visage des jours orageux. Elle dit :

— Je ne m'attendais pas à avoir tant de monde ; j'ai de la chance vraiment, et les journaux qui ont fait prendre des photographies !

Aussitôt il lui rapporta un propos malveillant, entendu sur elle : des gens qui parlaient derrière lui, ne sachant pas qu'il la connaissait...

— Qu'ont-ils dit ?

— Non, je ne veux pas te répéter ça.

— Si, voyons, ou alors il ne fallait rien dire...

— Naturellement, c'est moi qui vais avoir tort.

Et brutalement :

— Soit, puisque tu veux savoir, on dit que tu es la maîtresse de Machin, et puis de Chose ; et c'est concevable qu'on dise ça, la réclame qu'ils te font est disproportionnée avec ton mérite.

Elle fit :

— Oh ! Oh !

Et se tut, suffoquée.

Il s'émut spontanément :

— Mon chéri ! mon chéri ! pardonne-moi, oublie ce que je viens de te dire, c'est bête, stupide. Je n'aurais pas dû te répéter cette imbécillité ; et ce qui est odieux, oui, odieux, c'est de t'avoir dit que tu n'avais pas de talent ! Tu en as du talent, et beaucoup...

Ce jour-là, ils se réconcilièrent vite ; elle n'avait pas la force de regimber, elle se blottit

*Oh ! regarde ! toute une colonne de Machin !* (p. 62).

contre lui, tout endolorie, comme si elle eût reçu un coup, par besoin d'être consolée, telle une toute petite fille, qui a « gros bobo ».

Mais, en revenant dans la voiture, elle remâcha ce qu'il lui avait dit et, angoissée, elle se prit à douter d'elle. Il avait raison, ce qu'elle faisait ne valait rien... un jour ou l'autre, la veine tournerait, on ne lui achèterait plus rien, comment vivrait-elle?... Quand même, il n'eût pas dû lui crier ça si cruellement, quelle vilaine nature il avait... Toujours, toujours son premier mouvement était de lancer les flèches empoisonnées. Elle aussi eût pu lâcher les mots qui assomment, mais même au paroxysme de leurs disputes, elle savait les retenir... Ah ! si elle pouvait se détacher de lui !

. . . . . . . . . . . . . . . . .

— J'ai envie d'exposer au Salon ; avec ton appui, je suis sûre d'être reçue...

Il l'encouragea :

— Je crois bien, ce sera excellent pour toi, et je te guiderai, je retoucherai. Il faut que ce soit parfait.

Elle travaillait dans un rêve. Un soir, elle dit à Serval :

— Écoute, cela ne plaira peut-être pas, mais si tu savais avec quelle douce émotion je travaille! Cette machine champêtre, un peu coco... C'est toute mon enfance... Je suis ridicule, mais en évoquant ce gros marronnier d'Inde, je crois respirer son odeur âcre, il me semble entendre les hannetons bourdonner autour et sentir, dans mes mains, les beaux marrons si luisants, si lisses au toucher, lorsque je les enfilais pour m'en faire des colliers ; figure-toi que ça me donne envie de pleurer.

. . . . . . . . . . . . . . . . .

La veille de l'envoi au Salon, pour une vétille, ils se querellèrent ; il était d'une humeur massacrante. Nerveuse, impatiente, elle s'emporta :

— C'est odieux, de me faire une scène aujourd'hui, je suis déjà assez tourmentée à cause de mon tableau, tu n'as pas de cœur, pas de délicatesse.

— Eh bien, puisque je n'ai pas de délicatesse, autant en profiter pour te dire que ton tableau ne vaut rien ; sache-le, s'il est reçu, ce sera par complaisance.

— Que c'est misérable de me dire ça, à cette heure.

Elle s'assit toute pâle.

— Ma petite Gilberte ! Mon amour chéri ! je suis une brute de t'avoir dit ça ; je n'en pense pas un traître mot. J'ai le cerveau malade, je rage parce que moi aussi, j'eusse voulu envoyer quelque chose au Salon cette année, et que je n'ai rien fait. Mon petit Gilbert ! pardonne-moi.

Et soudain, elle comprit ! Cet homme de génie, ce maître illustre, qui pourtant n'avait plus rien à souhaiter, était jaloux ; jaloux d'instinct ; même ces pauvres miettes de succès dont se repaissent les indigents de la gloire, il souffrait de les leur voir distribuer.

## XXVII

### *Un Rêve.*

...Et parfois, je rêve d'être une toute petite bourgeoise. J'habiterais aux Batignolles, j'aurais une salle à manger Henri II, une chambre en noyer ciré, avec une belle carpette à rosaces, et ma cuisine, minuscule, serait reluisante.

Mon mari irait à son bureau ; il serait comptable dans une maison de la rue du Sentier, ou caissier dans un contentieux. Consciente de mon devoir, je n'aurais d'autre souci que celui de le satisfaire.

Le matin, un plumeau et un torchon à la main, le front ceint de bigoudis, j'astiquerais, je frotterais. Ensuite, avec soin, je préparerais le repas.

L'après-midi, assise devant ma fenêtre je ravaudrais des chaussettes.

Une fois par semaine, deux heures, j'aurais une femme de ménage, pour m'aider à faire de gros ouvrages ; récurer mes quatre jolies casseroles de cuivre et cirer le parquet.

Quelquefois, rarement, j'irais inspecter les soldes dans les grands magasins, et, quand je trouverais une bonne occasion, je rapporterais, pour mon mari, des flanelles qui ne rétrécissent pas et des caleçons cachou. Pour moi, un bout de ruban liberty, bleu ciel ou rose, que j'enfouirais au fond de mon armoire, et dont je n'aurais jamais l'emploi.

Le dimanche, je me promènerais au bras de mon mari important. Il regarderait, sans convoitise, les belles dames sanglées dans leurs cuirasses, qui dissimulent seins et hanches, puis, il tournerait un œil approbateur vers mes formes débordantes d'un mauvais corset.

Je ne penserais à rien, je ne souhaiterais rien, la vie me paraîtrait bonne.

De ci de là, j'aurais pourtant un besoin de coquetterie; alors, je rafraîchirais ma robe d'il y a trois ans, avec un empiècement de guipure crème, liséré de taffetas voyant, tout en songeant avec inquiétude que l'on a mangé deux fois dans la semaine du navarin aux pommes, que mon mari pourrait s'en lasser, et que le moment serait venu de lui faire la surprise d'un bon bœuf à la mode, avec dedans un pied de mouton, comme il les aime.

Quand mon mari rentrerait ou sortirait, il m'embrasserait sur les deux joues. J'en rougirais, tremblant que les voisins d'en face ne nous voient; car, s'ils nous voyaient, ils me tiendraient peut-être pour une dévergondée, et même, ils seraient bien capables de croire que nous ne sommes pas mariés.

Je ferais grand cas de l'opinion de la crémière et, plus encore, de celle de ma concierge. Je serais fière de savoir qu'elles disent en parlant de nous : « Ce sont des gens très bien. Elle ne sort jamais, et lui rentre régulièrement à sept heures et demie. Ils placent de l'argent pour leurs vieux jours. C'est un bon ménage, ils ne se disputent presque jamais. »

Je ne serais pas une ignorante, je lirais mes deux feuilletons tous les jours, et je saurais qu'il y a des écrivains de grand talent, qui se nomment Pierre Sales, Pierre Decourcelle, Michel Zévaco. J'aurais lu *Chaste et flétrie*, le nom de M. Rostand ne me serait pas tout à fait inconnu ; mon mari m'aurait appris à l'admirer, parce qu'il gagne beaucoup d'argent, et j'aurais d'ailleurs une broche « Chantecler ».

Tout au fond de moi, cependant, j'aurais deux grands secrets, et ils me tourmenteraient au point que j'en laisserais, de temps à autre, rissoler plus que de raison les lardons de l'omelette. J'aurais deux grands désirs, que je n'oserais pas avouer à mon mari, parce qu'il trouverait que ce n'est pas raisonnable : je voudrais, pour la salle à manger, une suspension bronzée à six branches, avec des bougies vertes, et, pour moi, un jupon de satin rouge avec un volant de dentelle blanche, comme la mercière en a eu un pour le mariage de sa sœur.

*Aveuglée de colère* (p. 62).

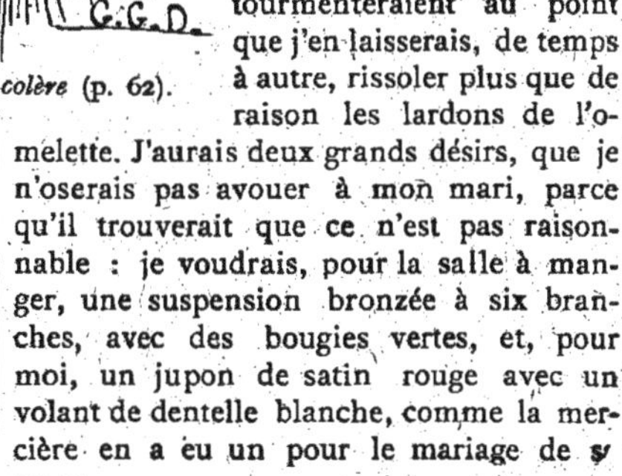

## XXIX

*À qui la faute ?*

...Ah! ma chère, que tu vas rire! Ne te moque pas trop de moi, si froide jusqu'alors, si « invulnérable » comme tu disais. Car j'étais tellement réfractaire aux réalités, ou si tu préfères, aux réalisations de l'amour, qu'à t'en croire, c'en était pis qu'un vice.

Tu ne pouvais comprendre cela, toi, la parfaite amoureuse aux yeux brillants, aux lèvres naturellement rouges et humides. Tu as toujours jugé inutile d'épiloguer sur les subtilités du cœur... : certaine psychologie te fait sourire, te déroute...

Te rappelles-tu nos discussions sur les affinités de l'âme, et la façon un brin triviale, mais si sincère, dont tu décrétais : « Tout ça, c'est des raisonnements de névrosés, de coupeurs de cheveux en quatre; ce qui doit s'adapter surtout, c'est la chair : si de ce côté-là ça marche, le reste s'arrange toujours. »

Et aussi nos querelles sur l'esthétique masculine? Ah! seigneur Dieu! qu'ai-je pris! avec quel dédain tu raillais mes goûts! Oh! tu avais une façon de me dire : « Tu n'y entends rien de rien ; le type d'homme qui te plaît est justement celui du... du raté, de l'impuissant, du malade. *Ça*, déjeune avec des poudres, et *ça* dîne d'un bouillon aveugle. Parbleu! c'est facile d'avoir le teint pâle, et rien que la peau sur les os, à ce régime-là! Parle-moi d'un homme à la carrure solide, au bel appétit et au sang riche. »

Et là-dessus, tu plaidais avec chaleur la cause de Jean, mon vigoureux soupirant.

Tu en arrivais à me démontrer que ma réserve devenait indécente, qu'il était grand temps d'en finir...

Eh! bien, je serais dans de jolis draps (c'est une façon de parler) si je t'avais écoutée!

Apprenez, madame, que je suis amoureuse, et, donnez bien au mot *tout* son sens.

Oui, parfaitement amoureuse... Cette grande flamme a jailli de mon cœur, non... pas seulement de mon cœur, de tout mon être, au beau milieu des rochers, dans le magnifique pays des légendes.

L'objet de ma folle passion est un monsieur qui ne ressemble en rien au type d'homme qui me séduisait naguère... N'importe, je le trouve superbe et je l'adore.

Ah! que tu avais raison! Qu'il est délicieux, ce trouble né d'un regard, d'un frôlement, d'une pression de main... Et dire que j'ignorais cela! À mon âge! Et voilà que tout à coup il m'a fallu une énergie sublime pour rester... une honnête femme pendant huit jours, moi qui trouvais tout naturel de l'être demeurée pendant des années!

Note qu'il ne m'a fait aucune déclaration : c'était entre nous une sorte d'entente tacite, et vraiment très cordiale. Nous logions tous deux dans l'unique hôtel de ce site magnifique, et dès que j'entendais son pas dans le couloir, le matin — car je reconnaissais son pas entre tous — vite, je dégringolais l'escalier, et le rejoignais sur la terrasse, comme par hasard... D'un air ingénu, nous poussions des exclamations de surprise admirablement feintes :

— Non!! Déjà levé!

— Comment! Vous aussi?

— Je vais au « trou de l'enfer ».

— Tiens! j'y allais justement; vous voulez me permettre de vous accompagner?

J'acquiesçais naturellement... Et comme c'était difficile de se diriger dans les rochers, je faisais semblant de trébucher... Lui qui n'attendait que ce geste me saisissait le bras et me soutenait d'une main à la fois tremblante et ferme...

Ah! au contact de ses doigts crispés, il me semblait que soudain, quelque chose de tiède et de très doux me coulait dans les veines ; mes yeux se fermaient malgré moi, tandis qu'une langueur étrange me prenait aux genoux et m'immobilisait... Alors on s'asseyait, l'un contre l'autre, sur un étroit rocher, ou bien, dans « le fauteuil de la Madone » (les guides ont ainsi baptisé, une minuscule cavité, dans laquelle s'élève une pierre en forme de siège). Au creux de cette caverne exiguë, protégée contre le soleil brûlant par le dôme de granitrose, je me sentais encore plus engourdie, plus grisée de bien-être... Qu'il y faisait bon dans ce gîte ! — J'ignore quelle sensation donne l'opium, mais je m'imagine quelque chose de sembla-ble...

A nos pieds, la mer jetait de gros bouillons d'écume qui grimpaient le long des rochers, un goût d'iode et de sel irritait nos lèvres... La magnifique nappe glau-que s'étendait devant nous à perte de vue, avec là-bas, au milieu, un petit point blanc, surmonté d'une flèche minuscule : c'était l'île romanesque et son clo-cher, celle qui sans doute un jour dispa-raîtra avec ses habi-tants, comme d'autres villes d'alentour, déjà ensevelies. Le

*Assise devant ma fenêtre je ravauderais des chaussettes* (p. 64).

parages surexcitait encore mon imagi-nation. Je rêvais que nous étions les seuls survivants d'un équipage naufragé, et que relent de mystère qui s'exhale de ces nous allions passer le reste de nos jours, perdus, isolés du reste des humains, n'entendant plus que les mugissements des vagues et du vent... Je devenais une pauvre petite chose fragile et peureuse, réfugiée à tout jamais contre l'épaule de ce grand diable, aux yeux envoûteurs.

Pourquoi, dis? pourquoi n'est-ce pas Jean qui m'a initiée à ces sensations ? Comme je restais calme, sans émoi près de lui! Pauvre Jean... j'ai envie d'employer tout de suite le moyen brutal, de tout lui révéler... A quoi bon le laisser espérer maintenant ? Il vaut mieux lui faire mal, très mal, une bonne fois et que ce soit fini, il me prendra en horreur, et ne s'en guérira que plus vite...

J'attends *l'autre*. Comme je suis fébrile à l'idée de le revoir! Huit jours que nous sommes séparés!... Il devait poursuivre son voyage d'un côté opposé au mien, et il m'a demandé la permission de me rendre visite à son retour.

On sonne, c'est lui.

. . . . . . . . . . . . . . . . . .

Est-ce possible? c'est cet homme là que j'ai cru aimer? Mais c'est fou! Je ne suis pourtant pas une détraquée!... Alors quoi? C'était la faute du ciel nouveau, du soleil tendre, de la brise salée. Quand je suis entrée dans mon salon, et que j'ai vu ce Monsieur à la moustache conquérante, au large sourire fat, au port avantageux (on eût dit un viveur de mauvais ton), j'ai eu un mouvement de recul qu'il a paru deviner ou... partager... Évidemment la dame correcte, vêtue un peu sévèrement, sa coiffure sobre, l'ont beaucoup moins charmé que la voyageuse aux jambes nues, au corsage largement échancré, et aux cheveux ébouriffés.

Immédiatement, nous nous sommes sentis gênés, et nous ne savions plus que dire... Il a émis quelques critiques sur mon quartier calme. Lui n'aime que la plaine Monceau... Il regardait étonné mes vieux meubles qui probablement lui paraissaient insolites. Triomphalement, je lui ai montré un bibelot ancien, rapporté de là-bas. En essayant de faire de l'esprit, il l'a déclaré « horrible »... Je parierais que cet homme aime le laqué, les brise-bise bleu-ciel, avec des entre-deux, les triples portes à petits carreaux, et les peintures blanc cru sur les « pâtisseries » des affreuses maisons neuves...

Nous avons encore échangé quelques banalités, mais lorsqu'avec soulagement nous nous sommes dit « au revoir », nous avons bien senti, l'un et l'autre, que nous ne nous reverrions jamais.

Ah! mon Jean, mon Jean, venez vite... Longuement, je viens de regarder sa photographie... Il est très bien, Jean, tu avais raison... C'est curieux, je ne m'en étais jamais aperçue!

Chut!... approche ton oreille que j'y glisse un secret... sa cause est gagnée... mais c'est égal, si jamais il savait quel avocat l'a plaidée...

XXX

*Sommeil.*

O toi, mon miraculeux ami, mon consolateur, mon refuge, mon bienfait. Toi qui un soir vins si providentiellement me secourir. Toi, mon salut, mon ange gardien, mon Sauveur, de grâce, ne m'abandonne plus jamais et sois béni.

Parfois, assise au seuil de ma toute petite maison, les yeux fixés sur le gros marronnier feuillu — seule richesse de mon jardinet — qui se prélasse à droite de la barrière, et ressemble à un bourgeois cossu et pérorant, sur le point de partir après une visite à des amis pauvres, je songe à une autre fin de jour... A une autre fin de jour, où toute seule, accoudée à la fenêtre, je me figurais que l'air embaumé, la magnificence du soleil couchant, le calme des jardins d'alentour, la tiède atmosphère, se liguaient pour narguer mon souci. Je croyais entendre leurs voix sournoises, aux intonations faussement douces, comme celles que prennent les hypocrites, pour distiller le venin des mots, me chuchoter :

— Vois, comme nous sommes heureux, comme la nature est exempte de tourments, nul orage à l'horizon ne gronde, et si nous sommes las, c'est parce que la journée fut trop belle, le bien-être nous accable, nous allons dormir. Et demain, de même qu'aujourd'hui, nous nous éveillerons joyeux, A tout ce qui vit, toi exceptée, nous dispenserons une part de notre allégresse. Dès que se lèvera le jour, les jours s'épanouiront, tu entendras les oiseaux chanter dans les arbres, et un peu plus tard, riront les passants sur la route. Tu percevras les refrains guillerets qui monteront de l'auberge en bas du chemin ; à ta porte, le cheval de la petite laitière aux joues rebon-

*Parfois, assise au seuil de ma toute petite maison... (p. 68).*

dies, hennira de plaisir en secouant ses grelots. Mais toi, tu garderas dans le regard cette inquiétude qui ne saurait nous émouvoir... Si tu souffres, es-tu bien sûre de ne pas acquitter quelque dette oubliée?... Ta peine te paraît infinie, mais jurerais-tu de n'avoir à personne jamais causé peine plus grande? Fus-tu donc si pitoyable, as-tu connu la sublimité du sacrifice, toi qu'à cette heure indigne tant l'inconstance?...

» Oui, tout ce qui t'environne continuera de rayonner, et toi, parmi l'éclat des fleurs, tu continueras de promener ce teint brouillé, ces traits tirés; mire ton visage et... méfie-toi. Te doutes-tu que tu es presque laide ainsi? Tes cheveux ont perdu leur brillant; soulève-les un peu sur les tempes : qui sait si tu n'y découvriras pas un fil qui s'argente?... Tes yeux sont ternes, et ce sillon de chaque côté de la bouche... Tu es jeune, mais pas toute jeune, et les larmes ne siéent qu'aux femmes de vingt ans. »

Et malgré la chaleur, j'ai fermé la fenêtre sur l'ironie que sont aux cœurs gonflés les trop beaux printemps. Je l'ai fermée pour ne plus rien voir, ne plus entendre les voix méchantes... Et, désemparée, je suis revenue m'étendre sur mon lit, poursuivie par mille pensées irritantes, tous les souvenirs adorables qui eussent pu me réconforter me fuyaient, c'était à croire que ma vie n'était qu'une suite de déboires... Un diabolique miroir déformait toutes les tendres visions, reflétait tout en laid... Je n'avais éprouvé ou accompli que des actes détestables, et si les êtres m'apparaissaient mauvais, je songeais, ce qui n'était pas une consolation, que soi-même, parfois, on ne vaut guère... J'étais à deux doigts de connaître la haine si misérable, de comprendre l'odieuse vengeance, moi qui égoïstement peut-être, ne conçois que l'indulgence et le pardon si doux au cœur...

Mais soudain, j'ai senti ton souffle apaisant, caresser mon visage, enfiévré, mes yeux se sont clos, mon corps s'est alangui sous la douceur de ton étreinte. Et vaguement, vaguement, j'ai compris que tu m'emportais loin, très loin...

J'étais dans une grande maison de briques rouges, entourée d'un paisible jardin aux plates-bandes bordées de buis, « un jardin de curé », j'y retrouvais une fillette qui écoutait en ouvrant de grands yeux, parce qu'elle ne comprenait pas encore, une chère voix qui disait :

— Tu verras, mon petit enfant, lorsque tu seras grande, comme la vie est belle; mais comme je ne serai plus là, il faut que je te prévienne : parfois il t'arrivera de petites misères..., de gros chagrins même, seulement tout cela est « arrangé » exprès pour qu'ensuite on sache mieux comprendre le bonheur.

Et l'image s'est évanouie, le décor a changé, la petite fille s'est transformée en « demoiselle », romanesque et bercée de chimères, puis en jeune femme provinciale, falote et inexistante : mais celle-là, c'est curieux, je la reconnaissais à peine...

Et maintenant, j'étais dans le gîte que je me suis choisi, arrangé selon mon goût, les amis que j'aime m'entouraient, j'éprouvais de la joie à les voir, mais tout bas je pensais en regardant la besogne amoncelée sur la table.

— Mon Dieu! pourvu qu'ils ne s'éternisent pas? Que de choses en retard..., comme il va falloir travailler pour rattraper le temps perdu...

Sur la petite console, des pivoines odorantes s'élançaient du beau faux « cuivre ancien » qu'ingénuement j'ai rapporté tout sali, tout bossué, du fond de ma Normandie.

Et mon vieil ami Darboy, touchant et spirituel maniaque, mais sermonneur insupportable, parce que souvent ce qu'il dit est juste, tançait toute la gent féminine, à seul dessein de m'atteindre :

— Elles sont toquées, les femmes, je vous dis, de s'acharner à construire des drames.

solides, avec des futilités; on dirait que ça les amuse de taper à tour de bras sur le bonheur pour voir s'il va se casser, et comme il est fragile... elles sont bien avancées après! Mais sapristi, l'existence n'est pas si longue, n'allez pas la compliquer, réduire les jours agréables à force de susceptibilités, de sottises. Fichue satisfaction que de se torturer soi-même pour chagriner quelqu'un. Bien sûr, les hommes sont un brin égoïstes, mais les enfants aussi le sont égoïstes, et il ne vient à l'idée de personne de leur en garder rancune. Dites-vous que

tendresse un peu de l'indulgence des mamans...

Puis, bourru s'adressant directement à moi cette fois, il a repris :

— Et vous, vous trouvez cela malin d'être allée vous enfermer toute seule dans une riante maison qui va vous paraître lugubre! Et sous quel prétexte, je vous le demande? Il est si ridicule que vous n'oseriez pas même l'avouer. Voulez-vous bien vous dépêcher de revenir tout de suite!

Et moi qui d'ordinaire m'amuse à contro-

*La petite fille s'est transformée en «demoiselle romanesque»... (p. 72).*

les hommes sont tous de grands enfants presque irresponsables... et que les vraies amoureuses tâchent d'apporter dans leur

dire Darboy, à le faire « monter à l'échelle », je lui ai crié si fort : « Ah! certes oui, vous avez raison! » que mon cri, je crois bien, m'a réveillée. O mon divin Sommeil, conseiller reposant et judicieux, sois béni.

## XXXI

*Son écriture.*

Il y a trois ans, un matin, Madeleine est arrivée chez moi, grelottante de fièvre; son regard était celui d'une démente. D'une voix étranglée, elle m'a dit : « C'est fini avec Pierre, fini à tout jamais ; comprenez-vous ? » Et sans me donner le temps de placer un seul mot, elle a repris : « Surtout ne me dites rien, n'essayez pas de me consoler, tout ce que vous pourriez dire me ferait plus mal encore. Laissez-moi seulement pleurer chez vous. Dans ma maison, je deviens folle, tout me le rappelle, tout ! Ah ! c'est horrible, horrible, ce que je souffre ! »

Et elle s'est écroulée sur le lit-divan ; je la vois encore, le visage enfoui dans les coussins ; de temps à autre, elle soulevait sa pauvre petite figure boursouflée, et me répétait : « Je vais me tuer, pareil chagrin n'est pas supportable. » Puis, avec un entêtement enfantin, dès que je faisais mine de parler, elle replongeait sa tête dans les coussins, se bouchait les oreilles avec les mains en criant : « Taisez-vous, taisez-vous, de grâce, tout ce qu'on me dit, c'est comme si on me donnait des coups sur le cœur. » Elle ne tolérait que trois mots, toujours les mêmes : « Oui, sûrement oui », lorsque, dressée en sursaut, hagarde, elle me demandait : « Croyez-vous que ça passera ? »

Mad n'eut pas, comme dans les romans, la ressource d'une miséricordieuse fièvre cérébrale pour la guérir. Des mois et des mois, elle demeura une malade bien portante, c'est-à-dire une malade désespérée pour laquelle il n'existe pas de remèdes. Et quelle était donc poignante la détresse résignée de cette héroïque amoureuse dont je fus la seule, peut-être, à connaître le martyre !

— Il y a huit jours, Madeleine, que je n'avais pas vue depuis fort longtemps, est tombée chez moi en bolide. Mais une Mad méconnaissable ; les joues naturellement roses, le regard vif, rieuse. A peine assise, elle s'est exclamée : « C'est trop drôle ! Il faut que je vous raconte ce qui m'est arrivé. Vous n'imaginez pas..., mais écoutez par le menu... Hier soir, en rentrant, j'ai trouvé, comme d'habitude, sur ma petite table un paquet de lettres. Il était tard, j'avais sommeil ; je les simplement éparpillées pour voir s'il n'y avait pas une écriture amie ou familière, une enveloppe au prestigieux en-tête : rien, alors j'ai pensé : « Flûte, je lirai ça demain, ah ! que ça va être bon de dormir ! » — « Mais voilà que ce matin, en prenant une large enveloppe bleue, il m'a semblé que je connaissais cette écriture-là... « Qui diable est-ce déjà ? me suis-je demandé. C'est trop bête tout de même de ne pas se souvenir... voyons, c'est ?... Et, piquée au jeu, j'ai voulu trouver avant d'ouvrir : c'est... c'est ? ah ! j'y suis, c'est Chose. »

« Eh bien, non, ce n'était pas Chose... c'était... devinez ?

— Pierre ?

— Oui, Pierre, qui m'écrit à propos d'une vague œuvre d'art... D'ailleurs, peu importe la raison, ce qui me déconcerte, c'est de n'avoir pas reconnu son écriture. Si vous m'aviez vue... je suis restée, peut-être une heure, hébétée, devant ces caractères ténus, sans élan, marquant si bien (je m'en suis aperçue seulement), combien chaque mot est pesé, réfléchi, avant de le tracer. Mais dites ! se peut-il, se peut-il qu'ils me soient devenus si parfaitement étrangers ? se peut-il que je n'aie pas reconnu une écriture qu'autrefois je ne pouvais voir sans qu'aussi tôt tout mon sang affluât à mon cœur... Je ne l'ai pas reconnue, moi qui en connaissais la forme lettre par lettre, à force d'épeler les mots...

« Et Pierre, Pierre! est-il possible que j'évoque sa souple silhouette, son beau visage étroit, ses longs yeux roux si peu tendres..., ses lèvres amenuisées, son cruel sourire, ses longues mains nerveuses, prenantes comme des serres, sans que rien, rien en moi ne tressaille? J'ai posé mon tumée aux bruits du dehors... Ma parole, jamais je n'avais remarqué qu'il passât tant de voitures dans ma paisible rue! Et, tandis qu'avec une volonté d'écolière studieuse, astreinte à un exercice de mémoire, je m'appliquais à ressusciter quels souvenirs, toutes sortes de puériles préoccupations me trot-

*Flûte, je lirai ça demain (p. 72).*

coude sur sa lettre, et soutenu mon front avec ma main, en fermant les yeux, pour voir si aucun fluide mystérieux n'allait agir... Je n'ai ressenti nul émoi. Oh! bien sûr, je me suis souvenue, mais c'était en prêtant, malgré moi, une attention inaccou- taient par l'esprit : « Il faut que j'aille me faire onduler. Je ne mettrai plus de poudre mauve, ça me fait un teint gris... Que je n'oublie pas non plus un hachoir... voilà huit jours que la bonne réclame un hachoir. »

« Oui, voilà à quoi je pensais en me parlant de l'homme pour qui j'ai voulu mourir... Ça ne vous stupéfie pas qu'il me soit à ce point tombé du cœur ?

— ...

« Et savez-vous le souvenir qui subsiste le plus ? un souvenir comique, ma pauvre amie... oui... soudain, je me suis remémoré, net, précis, un trajet que nous fîmes ensemble pour aller dans une laide banlieue lointaine, et là, franchement, j'ai éclaté de rire. Ce matin-là, le temps était morne ; il faisait un maudit vent, qui saccageait mes boucles, et avec ça un air accablant ; mais j'étais avec lui... Oh ! le miraculeux jour, le magnifique voyage. Sur tout le parcours, je m'extasiai devant les arbres gris de poussière. Rien, jamais rien ne m'avait semblé plus pittoresque, plus charmant, qu'une plaine râpée, semée de petites cabanes en planches goudronnées, dont les jardinets enclos de planches noires et disjointes ressemblaient à des tombes pauvres. Une vieille maison jaunie, enfumée par les trains, mais nichée au cœur d'un bouquet de sapins, de hêtres, et d'étincelants bouleaux, me parut le plus enviable des gîtes parce que, une minute, je rêvai que nous y vivions seul à seule... Et comme apothéose, en longeant Levallois, je m'écriai, ce qui lui parut infiniment comique : « Oh ! le joli petit pays ! »

« Ah oui ! je le fus, ridicule ! Et je n'ai pas reconnu son écriture... !

« Si je suis accourue vous raconter cette histoire, c'est parce que j'ai pensé qu'en exemple consolateur, vous pourriez peut-être l'offrir aux femmes qui souffrent du mal dont j'ai souffert, qui désespèrent, comme j'ai désespéré... Il y en a sûrement ; ça ne manque pas les femmes qui pleurent ?

— Non, Mad, ça ne manque pas, comme vous dites, mais vous savez bien que l'on croit toujours sa peine la plus profonde, la plus inguérissable : l'amour que nous éprouvons est le plus grand, il ne doit jamais finir... Si j'avais tenté de vous consoler aussi, lorsque vous vous bouchiez les oreilles pour ne pas m'entendre, m'eussiez-vous écoutée ? »

## XXXII

*Petite revanche.*

« Ce n'est pas chic, ce que je fais là... » Tout le long de la route, la même pensée lancinante lui taquina l'esprit : « Ce n'est pas chic... A cause de Pierre, je ne devrais pas y aller ; s'il savait, ça le chagrinerait... »

Avenue de Wagram, presque arrivée, elle s'arrêta, hésitante, sur le point de rebrousser chemin ; mais la haute glace d'une vitrine lui renvoya son image en pied : longue, affinée, dans cette souple robe noire, joliment coiffée, elle se plut et songea : « Il aimait que je m'habille en sombre... » Un sourire effleura ses lèvres, une gaieté malicieuse brilla dans ses yeux gris vert, de beaux yeux d'animal tendre...

Elle pensa encore : « Je suis en beauté aujourd'hui ; si je dois le revoir, c'est le moment ; et, après tout, je ne fais rien de mal... »

Au tournant de cette courte rue paisible, son cœur battit un peu plus vite, oh ! pas d'émotion douloureuse ; non, elle ressentait cette gêne, ce « je ne sais quoi » de maladif que l'on éprouve lorsqu'on fait une démarche insolite, agréable ou ennuyeuse. La rue avait toujours son même aspect provincial. Ici, la teinturerie à l'étalage maniéré ; à côté, une boutique de tailleur « à façon », deux grandes bâtisses sévères, la longue palissade du terrain vague ; ensuite, la maison de Jacques... La palissade !... Elle frémit en fixant les planches disjointes. C'était là, quatre ans plutôt, qu'elle s'était appuyée, chancelante, désemparée, en quittant Jacques... Oh ! quel souvenir ! Ce jour-là, elle était accourue, la cervelle en démence, lui demander si c'était vrai, possible qu'il ne l'aimât plus... *L'autre*, celle qui avait surgi dans leur vie, venait de lui révéler l'affreuse chose, de lui crier, d'une voix rageuse (on eût dit, ma parole, que c'était elle la blessée): « Il m'aime, vous entendez ? Vous n'existez plus pour lui » L'abominable scène... Et comme elle l'avait appris brutalement, cette trahison, en pleine quiétude, en plein amour... Et Jacques était resté muet, le

signe tracé par une main mystérieuse, une petite croix pareille à celles que l'on voit sur les arbres, les murs, pour marquer le lieu du drame, la mort...

Elle était parvenue à mater sa douleur, mais à quel prix, mon Dieu! Tous les stupéfiants lui avaient été bons : la morphine, l'éther, l'opium. Que serait-il advenu d'elle

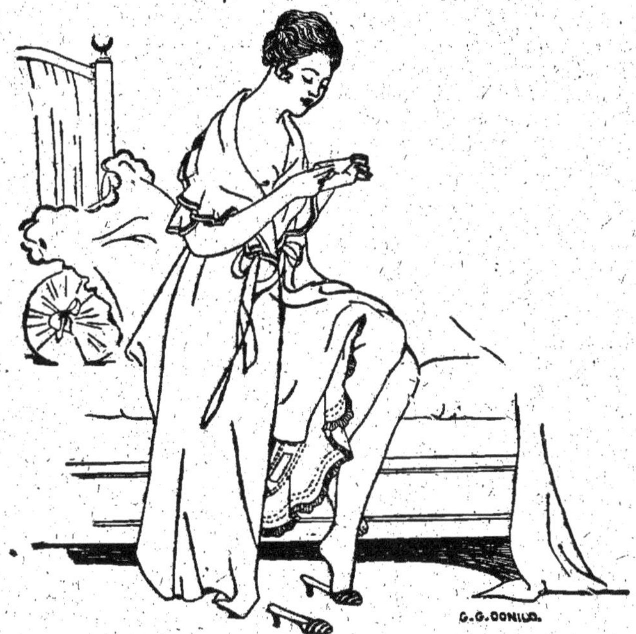



*Ah ! j'y suis, c'est chose !* (p. 72).

visage douloureux; deux larmes avaient coulé sur ses joues, sans qu'il se défendît. Alors elle était partie, laissant libre place à sa rivale. Comme elle touchait la dernière marche, il l'avait rappelée : « Marthe ! » Cri de pitié, sans doute? Son orgueil s'était révolté, elle n'en voulait pas de sa pitié; ah! non. Et elle s'était enfuie.

De tout près, elle examina la palissade, imaginant peut-être y découvrir quelque

si Pierre ne l'eût, petit à petit, et si patiemment disputée, arrachée aux poisons? Pierre! De quelle tendresse, de quel dévouement, il l'avait entourée!... Ce n'est que plus tard, bien plus tard, qu'il lui avait parlé d'amour... Et comme elle le chérissait à présent, et comme Jacques lui apparaissait tel qu'il était en réalité : esprit superficiel, égoïste, un peu lâche... Avait-il seulement du talent? Si le snobisme ne s'en fût mêlé,

s'il n'avait été l'ami d'un maître tout-puissant, quel cas eût-on fait de sa peinture? Et
plus tard, qu'en resterait-il?

« ... Tout de même, ce n'est pas chic ce
ce que je fais là, je ne devrais pas venir à
son atelier... » Elle se chercha une excuse :
« Ce serait ridicule de régler cette question
par correspondance... » Pour vendre une
maisonnette achetée en commun avec
Jacques, elle avait eu besoin de sa signature,
ils avaient échangé quelques lettres; dans la
dernière, elle disait : « Hein! qui nous eût
dit qu'un jour je vous écrirais ainsi, en
bonne camarade? Je n'ai plus aucun ressen-
timent, vous savez! Être des ennemis parce
qu'on s'est séparés, tenez, cela me paraît
bouffon. »

Il avait répondu :

« Vous êtes la plus intelligente des
femmes; venez donc me dire bonjour, en
camarade, une fois en passant, ou plutôt,
venez demain chercher vous-même cette
signature; ou dites-moi où je puis vous la
porter? »

.·.

Elle était venue à pied, en se promenant,
pas très sûre qu'elle entrerait... Si, très sûre,
au fond... poussée par une sorte de diabolique curiosité féminine, de coquetterie
aussi; elle n'était pas fâchée qu'il la vît
rayonnante, rajeunie. Et puis, ça l'amusait
de revoir cet atelier qu'elle avait en partie
décoré. Elle sourit au souvenir ravivé de
leurs courses dans d'impossibles rues
montmartroises, à la recherche de bibelots
anciens; elle avait la prétention de s'y connaître en antiquités, tandis que lui n'y entendait rien, s'emballait sur tout, achetait par
lots, se laissant refaire à plaisir.

En gravissant l'escalier, un petit froid la
parcourut; ses genoux fléchissaient... D'un
coup sec, elle tira le cordon de sonnette,
comme quelqu'un qui n'a pas peur.

Ce fut lui qui vint ouvrir, toujours le
même, beau, souple, élégant. Pour dissimuler son trouble, elle parla, en affectant
un petit ton badin, sans lui laisser le temps
de placer un mot.

— Quelle chaleur! croyez-vous? Et j'ai
cinq minutes, une foule de courses... mais
je ne voulais pas vous refuser de venir,
puisqu'on est camarades à présent; vous
auriez cru que je faisais des manières.

Il la regardait, tout pâle, avec ce batte-
ment des cils qu'elle connaissait si bien, et
qui, chez lui, témoignait d'un émoi réel.

Il balbutia :

— Vous ne savez pas combien ça me fait
plaisir de vous voir...

— Et moi donc! J'ai une si profonde
affection fraternelle pour vous, j'aurais tant
aimé avoir un frère. Et puis, c'est si gentil
de ne plus s'en vouloir; c'était si bête entre
gens intelligents...

Non, assurément, elle ne l'aimait plus
d'amour, elle aimait Pierre de tout son cœur,
de toute sa chair; cette épreuve l'en eût convaincue, si elle eût pu douter d'elle.

— Votre atelier est toujours le même,
vous n'avez rien changé... Ah! si, le grand
saint en bois; qu'a-t-il fait, le pauvre? Vous
l'avez mis en pénitence dans le coin!

— Ce n'est pas vous qui l'aviez placé, sans
quoi, je l'eusse laissé où il était. Voyez, tout
ce que vous avez arrangé est resté tel quel.

— Toujours galant... Vous travaillez
beaucoup?

— Oui, je finis un portrait.

— On ne vous aperçoit plus nulle part?

— Je sors très peu, en effet.

— Ah! ces amoureux!

— Ne parlez pas de ça.

— Pourquoi? C'est bien naturel d'être
amoureux. Moi aussi, je suis amoureuse; et
si ce n'était un tas d'obligations mondaines,
je ne sortirais guère non plus, allez; c'est si
bon de s'isoler à deux...

— Vous êtes si amoureuse que cela?

Une flamme éclaira ses yeux, elle fit
avec ferveur :

— Oh! oui...

— Je ne pesais pas lourd dans votre cœur, vous vous êtes vite consolée...

Elle éclata d'un petit rire nerveux :

— On voit bien que les heures ne duraient pas pour vous.

Au souvenir des jours mauvais, elle tressaillit. Mais vite, se resaisissant :

— Mon pauvre ami, comme j'ai été ridicule, en ce temps-là ! Vous en ai-je fait une scène stupide... Ce n'était pas de votre faute si vous ne m'aimiez plus ; vous ne faisiez pas ça exprès pour me torturer.

— Ne dites pas que je ne vous aimais plus : j'ai été le dernier des mufles, ce n'est pas pareil.

— Mais non, mais non.

Elle le devina ému, sincèrement : émotion passagère, bien sûr... il n'était capable que de celles-là, mais très remué quand même... Et elle s'étonna de pouvoir l'observer avec cette indifférence, elle qui, naguère, ne pouvait lire une inquiétude sur ces beaux traits sans s'attendrir niaisement, sans caresser son front, sans le bercer, le consoler comme un tout petit enfant. A cette heure, elle n'éprouvait qu'une satisfaction maligne à se dire : « En ce moment, il est en rage contre *l'autre*, comme il le fut contre moi ; il la déteste, et l'accuse d'avoir saccagé sa vie, comme il m'en voulait autrefois à moi, d'être *l'obstacle*...

Il reprit :

— Ah ! vous avez eu hâte de créer l'irréparable, de tout brusquer... Si vous aviez été indulgente à une passionnette, si vous aviez attendu... rien de ce qui est né fût arrivé.

— Oh ! vous n'allez pas me chercher querelle ?

Hypocritement, certaine de toucher le point sensible, car elle comprenait bien à présent qu'il n'avait pas dû s'entendre long-

temps avec *l'autre* : vulgaire d'esprit, de tournure, si différente de lui...

Elle poursuivit, de ce ton candide que prennent les femmes lorsqu'elles disent le contraire de leur pensée :

— Ne regrettez rien ; le secret du bonheur, voyez-vous, c'est d'être appareillés ;

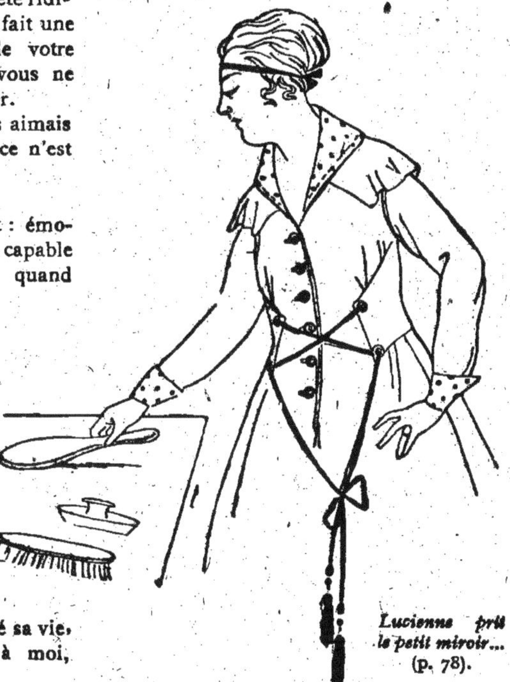

*Lucienne prit le petit miroir...* (p. 78).

nous ne l'étions pas, puisque ça a cassé... Vous avez rencontré — pardon du mot pompier — vous avez rencontré « l'âme sœur », la femme qui vous convenait. Je m'en réjouis pour vous.

— Marthe ?...

— Mon ami ?

— Vous êtes pleinement heureuse, vous ? Vous n'avez jamais rien regretté, jamais repensé à moi, à nous, à notre vie d'autrefois ?

— Oui... mais une fois guérie, je n'ai pas eu de regrets.

Il dit, l'accent âpre :

— Les femmes n'ont pas de cœur.

— Oh ! Jacques, croyez-vous que ce soient les femmes ?

Sept heures sonnèrent. Elle se dirigea vers la porte :

— Il faut que je me sauve.

— Encore cinq minutes.

— Impossible, on m'attend. Et... on doit vous attendre aussi ; je serais désolée de vous mettre en retard ; vous habitez toujours loin de votre atelier, sur la rive gauche ?

— Oui. Ça n'a pas d'importance que l'on m'attende.

Elle le regarda ; son visage s'était durci, ses yeux étaient devenus méchants.

...Comme elle la connaissait, cette expression-là !... Toute la soirée, il serait ainsi, nerveux, taciturne. Ou peut-être il ne rentrerait qu'au milieu de la nuit. *L'autre* l'attendrait, les mains glacées, le cœur angoissé... comme elle, naguère, grelottante de fièvre, dévorée de jalousie, épiant le bruit de sa clef dans la serrure.

— Marthe... ?

Il voulut l'attirer dans ses bras, mais elle se dégagea d'un mouvement si brusque qu'il la lâcha, vexé.

Elle ouvrait la porte ; il implora :

— Je vous en supplie, revenez...

Elle eut un geste évasif. Des gens montaient l'escalier ; il ne put la retenir.

Dans la rue, elle filait, légère, souriante, grisée par une satanique voix intérieure, délicieuse à écouter, qui lui chuchotait :

« C'est *l'autre* qui va souffrir maintenant ; chacune son tour : tu es vengée... »

## XXXIII

*Les trois grâces.*

Lucienne prit le petit miroir d'argent, examina de tout près son joli visage et pensa :

« Je n'ai pas les traits trop tirés, mes yeux non plus ne sont pas trop meurtris : ce cerné mauve leur donne un air alangui qui me va bien... Pourtant, quand je mets du « crayon », ça durcit mon regard : à quoi cela tient-il ? Mais ce sont mes pauvres cheveux que je n'ose plus soulever sur les tempes... s'ils avaient blanchi ?... A la suite de son gros chagrin, Marthe est devenue toute blanche, en une seule nuit, à trente-cinq ans... et j'en ai trente-six passés, moi... Il est vrai qu'à Paris, trente-six ans pour une femme c'est la prime jeunesse... Et puis Marthe était brune, les brunes blanchissent plus facilement... Elle est d'ailleurs charmante ainsi, Marthe. Je parierais que c'est à elle que l'on doit cette mode des perruques blanches. Et comme elle est gaie, heureuse, depuis qu'elle se moque de tous les hommes ! Ah ! ils peuvent bien lui faire la cour, elle n'en prend plus un seul au sérieux.

« Et il ne me faut plus qu'un tout petit effort de courage pour être libérée comme elle... Mais c'est égal, il comptera dans ma vie ce mois-là... Enfin, je l'ai franchi ; et quand on a résisté un mois, même à coups de stupéfiants, de drogues pour dormir, le plus fort est fait.

« Oui, je touche à la « convalescence », je le sens à des riens... D'abord, je redeviens coquette, c'est bon signe, ça... Et à part les heures où la nuit tombe, je supporte mieux les élancements de cette satanée blessure que j'ai là ! »

Et ce fut, accompagné d'un petit coup de point rageur, à la place du cœur. Et relevant la tête en une sorte de défi, elle continua :

« Eh bien, oui, finie, l'ère du sacrifice.

« Ceci me plaît, toi tu préfères cela, soit ; seul importe ton agrément. Tu es aimable, empressé, « galant » envers toutes les femmes, réservant pour moi seule ton humeur maussade, tes heures de découragement ou de maladie. N'est-ce pas logique, puisque tu n'as plus à me conqué-rir ?... »

« Et si encore, il m'eût su gré de ma patience, mais pas du tout, jamais il n'a paru s'apercevoir d'une attention, d'une gentillesse. Par exemple, si, exaspérée à la fin, je me cabrais, oh! alors, il ne manquait pas de se poser en victime. C'était moi, naturellement, qui avais un caractère détestable. »

Ayant achevé de s'habiller, par gestes saccadés, Lucienne vint se camper devant la haute glace mobile, en fit jouer les panneaux, se mira de face, de profil, de trois quarts, exécuta sur sa joue, un petit « raccord » avec un peu de « crème ». Etait-ce stupide, cette larme encore, qui avait laissé un sillage... Elle passa la houppette; là, il n'y paraissait plus. Et elle se sourit, satisfaite.

« La première fois que l'on entre dans une église, si l'on demande trois grâces, on est sûre d'en obtenir au moins une : la première demandée. »

Complaisamment, elle se remémora la phrase si souvent entendue dans sa pieuse enfance, et qui, tout à l'heure, lui était revenue à l'esprit, comme soufflée par la Providence... (Lucienne, depuis longtemps ne pratique plus, mais elle est demeurée croyante.)

Et c'est pour se rendre à l'église qu'elle s'habille si fébrilement, et il lui semble que déjà elle éprouve un vague soulagement, que le miracle s'opère. Ah! ne plus penser à Lui! Ne plus jamais Le revoir! Qu'Il disparaisse complètement de sa vie!

Voilà les trois grâces qu'elle demandera. Et la Vierge aura pitié d'elle, l'exaucera sûrement.

Elle s'en va par de petites rues ouvrières, à la recherche d'une paroisse pauvre; ainsi son offrande soulagera de vrais malheureux.

Leur journée finie, les travailleurs prennent le frais assis au seuil des portes, en devisant de la chaleur du jour et du temps qu'il fera le lendemain. Des chats efflanqués, des chiens maigres somnolent à leurs pieds. Ici, sur le rebord d'une fenêtre, un serin s'agite dans une cage trop étroite. Plus loin, un perroquet gris, gloire du quartier, enchaîné à son perchoir, bat des ailes en hurlant aux gosses amassés : « Bonjour, Coco! » Les commères forment des groupes, ça fleure la soupe aux poireaux, l'eau croupie, l'échoppe de cordonnier. Quelques

*Prosternée devant l'autel.... (p. 80).*

quolibets fusent à l'adresse de Lucienne trop élégante, trop parfumée, insolite. Un maçon lui crie :

— Dépêchez-vous la petite dame, vot' gigolo va être parti.

Toute neuve, en briques grises, ornée d'éclatants vitraux, voici sur la place l'église sans beauté et quand même imposante. Devant la grand nef, un vieillard prie. Sur les bas-côtés, des bigotes égrènent leur chapelet; une vieille femme, la chaisière sans doute, circule à pas feutrés. Un prêtre se dirige hâtivement vers la sacristie, suivi d'un enfant de chœur.

Saisie d'un petit tremblement, mélange de piété et de superstition, Lucienne s'avance vers la chapelle de la Vierge. Une Vierge rose et blanche, vêtue d'un manteau bleu ciel et couronnée d'or; en le fixant un peu, on croirait que son regard change, qu'il s'attendrit ou devient sévère.

Prosternée devant l'autel, Lucienne se signe, récite le *Pater* et l'*Ave*, puis le cœur battant, elle relève la tête, contemple longuement la Vierge et, mains jointes, prononce d'une voix basse, mais distincte, comme si elle craignait de n'être pas entendue de celle qu'elle implore :

« O Marie, mère de Dieu, miséricordieuse entre toutes les femmes, vous que nul ne pria en vain, venez à mon secours, accordez-moi, je vous en conjure de toute mon âme, les trois grâces que je vous demande :

« Faites qu'Il revienne;

« Faites qu'Il ne m'oublie pas;

« Faites qu'Il n'aime jamais une autre femme. »

**FIN**

IMPRIMERIE CRÉTÉ
CORBEIL (S.-ET-O.)